REALITY

TAMBIÉN POR SHEILA SHEERAN

¿Te acostarías conmigo?

¡Fuiste tú!

El Ángel de Sol

Tu peor error - Materia Oscura

REAL✿ITY

una novela

SHEILA SHEERAN

A veces la vida nos eleva en una nube de felicidad pero cuando menos lo esperamos nos deja caer en picada y sin paracaídas.

Y duele...

Duele...

Demasiado...

Algunos lloran para aliviar el dolor, yo, escribí esta historia.

Para ti, mi regalito, que estuviste en mi vida por tan solo un corto tiempo, suficiente para hacerme recordar mi propósito, mi inspiración.

"Tenemos miedo a mostrar quienes somos en realidad. Vivimos inventando cada día la historia de nuestras vidas que queremos contar y nos guardamos la historia REAL."

REALITY

capítulo 1

ABIA

Creo que la confusión la llevo por naturaleza. Una vez a los dieciséis, a escondidas en la madrugada, cuando ya papá dormía, llamé a una línea síquica. Cuando llegó la factura del teléfono la culpa se la llevó Ada, la señora que nos ayudaba en la casa (creo que todavía lo hace, no lo sé), la que cuidaba de mí mientras papá trabajaba diseñando rascacielos. Me costó la mesada de dos meses. Ada aceptó mi propuesta, la de cargar con la culpa, pero tuve que pagarle hasta el último centavo que papá le descontó de su cheque por la llamada y un poco más, «daños y angustias mentales», dijo Ada que le causé.

Ese mismo año sufrí de una obsesión compulsiva de jugar *Ouija*. Después que escuché en el colegio a unos niños decir que a través de ese juego los muertos respondían tus preguntas, quise probar, tal vez lograba comunicarme con mi madre y me contaba si valía la pena romperse tanto la cabeza con planificar el futuro. El intento nos duró poco. La *Ouija* murió cuando la mamá de mi mejor amigo nos encontró jugándolo en la madrugada y nos acusó de hacerle culto al diablo. Que cómo era posible que nosotros, que estudiábamos en un colegio cristiano, estuviéramos tentando a Lucifer así. Esa noche la casa olía a humo, Tommy y yo observábamos desde el cuarto cuando su mamá quemaba el juego en el patio.

"Le ayudamos a tomar las mejores decisiones para su vida", decía el anuncio en el periódico. ¿Cómo dejar pasar la oportunidad? Esa misma tarde que vi el anuncio, el día en que cumplí dieciocho años, a punta de chantaje (de decirle a una novia que tenía Tommy, que él frecuentaba otra chica), lo obligué a visitar conmigo un síquico, el del periódico. Por aquello de averiguar si era una farsa o no, hice que le dijeran a él su futuro primero, para no abusar yo pagué su sesión. No es que creyera en esas cosas, es que necesitaba ir descartando cada una de las opciones que tenía enfrente para mi futuro. Necesitaba saber si había opciones más allá de las que me mostraba mi papá. Me sorprendí al saber que el síquico no tenía una bola de cristal ni cara de charlatán. No había luces tenues ni humo cubriendo el suelo. A pesar de causar la impresión de que la cosa era seria, la visita fue breve. Demasiado. Cuando Tommy le hizo la segunda pregunta: «¿Cómo se llama el amor de mi vida?», el hombre respondió:

—Renato.

Pensé que había escuchado mal que había confundido la letra O por la A pero el síquico volvió a repetir: «Renato».

Literalmente tuve que aguantar a Tommy porque le

partiría la cara al síquico si no lo hacía. Es la única vez que lo he visto fuera de sí. Esa fue la última vez que Tommy me acompañó en una andada de esas y la primera vez que me mandó a la mierda. Ese verano me resigné a que lo mío era algo que venía en la mezcla de genes que llevo. Abia De Luna Choi, ese es mi nombre, de padre puertorriqueño y madre coreana, viví en España hasta los diez años y el resto de mi vida ha acontecido entre los Estados Unidos y aquí, Puerto Rico.

Hoy tengo ganas de encontrarme con un síquico en la calle, con alguien que me diga qué será de mí. Camino a través de la acera que forma un parque lineal ubicado justo enfrente al edificio donde resido desde hace cuatro años. A diario suelo transitar de regreso del trabajo a través de este mismo concreto pero en dirección contraria. Me gusta ver cómo en la noche las luces de los faroles se reflejan en el agua de la laguna que bordea el parque. Hoy no es de noche, es domingo en la mañana. Por suerte no trabajo. Son apenas las diez y media. Cargo en mi mano derecha un bolso de papel con algunas manchas de grasa que empiezan a mostrarse, pienso en las papas fritas que deben estar mongas. En la izquierda llevo mi celular y la esperanza de que, tal vez, suene.

Sin mirar me detengo frente a *mi* banco favorito. Es el tercero a la derecha. Caminar hasta él ya se ha convertido en algo natural, algo que es parte de mí. Levanto la mirada para asegurarme que, en efecto, estoy frente al tercer banco. Hoy está ocupado.

"¿Ocupado?"

Sí.

Alguien ha tenido la magnífica idea de echar una siesta en mi banco. Todos en este parque saben que ese lugar me pertenece. Con la mano donde cargo la funda de papel le doy un par de cantazos en el pie.

—Muévete que este no es tu lugar.

Hoy no me siento amable. Bueno, sí, me levanté amable pero la pasada hora me robó cualquier ganas de amabilidad.

Al instante me arrepiento de haberle tocado. Y es que cuando veo el estado de sus pies descalzos...

¡Uy!

Asco.

No.

Pena.

No sé si la regla de los cinco segundos aplica en circunstancias como estas. Ada siempre decía: «cuando se te cae un alimento en el piso tienes un espacio de cinco segundos para recogerlo sin que se contamine con los gérmenes». Lo decía con tanta convicción como si ella misma hubiese comprobado de manera científica la veracidad de esa premisa. Creo que en esta ocasión estoy salva porque a éste solo lo toqué por un segundo, dos a lo máximo. Pero si me dejo llevar por el color oscuro del sucio que cubre sus pies... ni un segundo sería seguro. De repente me viene a la mente la imagen de un inodoro público. No sé por qué.

Con el tiempo aprendí que esa teoría de los cincos segundos la puedes aplicar en otros aspectos de tu vida. Al tomar una decisión importante, si tu intuición no te dice que *sí* en los cinco segundos siguientes, es de seguro un *no* lo que deberías responder. Por eso a escondidas hice el postgrado en historia y no en arquitectura como creía papá. Dice que lo que hice fue un robo. Yo creo que fue uno parcial. El postgrado fue en historia de la arquitectura. Pero es que ya lo había complacido con el bachiller. Ya tenía el diploma con mi nombre graduada con un bachiller de diseño arquitectónico de *MIT* y promedio de 3.90 colgando en la pared principal de su despacho. Ya lo había complacido. Era momento de complacencias para mí, aunque las pagara él. A veces me pica la curiosidad por saber si mi diploma de bachiller todavía cuelga de aquella pared en su despacho, si todavía presume de ello con sus clientes y colegas. Estoy segura que el diploma de postgrado no llegó ni a entrar en aquella habitación.

De repente el pelo en mi rostro, a consecuencia de una ventisca, me hace recordar dónde estoy. El hombre permanece inmóvil y yo pienso *"Ah, búscate otro banco"*. No, hoy no me buscaré otro banco, quiero el mío. Quiero el pedazo de madera donde suelo sentarme a pensar. Lo necesito. Aunque confieso que no sé si hoy pueda pensar con cordura, como siempre me ha exigido Andrés De Luna, mi papá. Necesitaré algunos días para organizar todo lo que tengo en la cabeza, creo que unos meses no me vendrían nada mal.

Desde que confirmé las sospechas, ensayé una y otra vez la manera más cuerda posible para decirle. Sin embargo, de mi boca no llegó a salir una sola palabra de las que había memorizado. Es que cuando comenzó hablar, me pareció que él sí estuvo días ensayando las suyas, las que soltó sin rastro de duda. Tommy tiene muy claro lo que quiere hacer con su vida, siempre lo ha tenido y en ella no estoy yo, no de la forma en que ahora pareciera que debiera estar. En realidad en la mía tampoco estaba él. No porque no lo quisiera a mi lado. Es una buena compañía, mi mejor compañía, hasta hace una hora lo era. Quiero hacer tantas y tantas cosas que no tengo ni idea de qué quiero. Ahora, una hora más tarde de lo que se supone fuera un desayuno cordial en mi departamento, sigo sin saber qué quiero hacer con mi vida pero Tommy está más presente que nunca... muy a mi pesar.

—Señor, muévase que tengo hambre. —Vuelvo a tocar al mendigo desconocido después de lanzarle mi segunda advertencia. Esta vez lo hago con el celular.

Lo escucho hacer un sonido grotesco que creo le sale de la garganta. Al unísono eleva las rodillas recogiendo los pies pero no se endereza. No me parece conocido. A éste nunca lo he visto por aquí. Me siento en el pequeño espacio que libera. Mientras abro la funda de McDonald's, de reojo intento ver un poco más del atrevido que ocupa mi banco y es cuando el olor a carne se mezcla con un olor a zorrillo y creo saber de dónde viene. Refugiar la nariz en mi hombro es mi primer instinto para sobrevivir. Veo que lleva puesto un vaquero desteñido con varios desgarres en la tela. Una especie de abrigo le cubre el torso y una capucha el rostro. Hago un esfuerzo sobrehumano y saco mi nariz del refugio, solo alcanzo a ver el volumen de la barba castaña que sobresale de la cueva en que tiene escondida la cara.

Intento ignorarlo y me fuerzo a comer algo, necesito azúcar en mi cuerpo para funcionar. Desenvuelvo la hamburguesa y le doy un mordisco. No llego a tragar el bocado cuando ya estoy llorando como una niña tonta. Veo que el hombre esta vez sí se endereza y amplía el espacio entre los dos. Me parece que se asustó con mi llanto. *"Estamos a mano, amigo, yo me asusté con tu olor."* Le extiendo mi brazo derecho con la hamburguesa mordida. Ya no tengo hambre. No tarda en tomarla y cuando siento mis manos vacías me las llevo al rostro para cubrirlo. No estoy pensando como necesito hacerlo, sigo llorando.

Pierdo el sentido del tiempo, fácilmente llevo minutos aquí.

—¿Helado? —alguien pregunta.

Reacciono mirando a mi lado izquierdo, pero enseguida recuerdo que no estoy sola y giro la cabeza hacia la derecha.

—¿Helado? —vuelve a preguntar mientras hunde en mi *sunday* de vainilla con caramelo mis papas mongas y se las lleva a la boca.

Me quedo observando en su dirección sin poder ver más allá del matojo de pelos. Me habla en español pero con un acento extranjero.

Por tercera vez vuelve a ofrecerme helado, esta vez en silencio empujando un poco con la mano libre el vaso plástico donde está "mi helado". En silencio también declino el ofrecimiento. Entonces, aparece ante mí una servilleta de papel, la misma que acepto y con ella seco algo de la humedad que todavía queda en mis ojos y me limpio la nariz.

—Tu boca está sucia de kétchup—advierte justo en el momento que comienzo a pensar, *"qué amable este fulano"*.

Me limpio la boca mientras me debato entre si agradecerle o insultarlo. Mientras lloraba mis penas este hombre se comió mi almuerzo, que también era mi desayuno porque el que preparé, el que se supone comiéramos Tommy y yo, debe estar como hielo sobre la mesa del comedor.

Desisto de cualquier intención maligna contra este hombre. Poco a poco voy poniéndome de pie a la misma vez que rebusco en los bolsillos traseros de mi jean.

—Ten —le digo extendiéndole el puño cerrado con el sobrante de un billete de veinte dólares con el que pagué en McDonald's—. Creo que te alcanza para la cena.

Cuando extiende su mano noto la mugre que forma líneas negras bajo sus uñas.

—Gracias —dice.

Comienzo alejarme cuando le escucho hablar:

—Lo que sea —me detuve al instante— que te hace llorar no puede ser peor que esto que ves aquí —hizo un gesto con ambas manos señalándose a sí mismo.

—Veamos —le digo y me callo para que continúe, para que me cuente su historia.

Se pone de pie.

—Treinta y un años, sin casa, ni familia, ni trabajo. A veces pasan días sin que pueda tomar tan solo un vaso de agua.

Voy paseando mi vista desde sus pies hasta el rostro. No es para nada un recorrido placentero. No llego a verle con claridad los ojos. Me quedo en silencio pensando en la gravedad de su situación. Me confieso, y mientras lo hago voy comparando su realidad con la mía.

—Veintinueve años, con casa, familia, trabajo, sin saber qué hacer con mi vida y preñada del hombre que me acaba de mandar a la mierda.

Entonces, es él quien permanece en silencio unos segundos, luego vuelve a sentarse, toma una papa monga y se la zumba de un bocado.

—Suerte, la vas a necesitar —me dice con unas gotas de helado escurriéndosele por la barba asquerosa y yo solo quiero saber dónde está la madre que lo parió.

capítulo 2

ABIA

Paso el resto del día sentada en el borde de la ventana de mi departamento, "la espía", la que me permite ver todo lo que ocurre en el parque. Cuando estaba en la búsqueda de un lugar para comprar, para completar mi independización forzosa, éste fue el segundo lugar que visité. Esa ventana nunca me hizo sentido. Y es que es precisamente en la cocina donde está y ocupa desde el techo hasta el piso. Cualquiera con un ojo para el diseño la hubiera colocado en el comedor, o mejor, la hubiese eliminado. Creo que mi padre estaría orgulloso de escucharme decir esto si no fuera porque quien lo hizo, quien colocó la bendita ventana, fue él. Éste es el único departamento del edificio con esa ventana en ese lugar, un cristal de tres metros de alto y la mitad de ancho. Con el tiempo la ventana y yo fuimos conociéndonos. Mientras más rato pasaba yo frente a ella observando el parque, la laguna, la lluvia, los atardeceres y amaneceres aprendimos a querernos. Y digo aprendimos porque la pobre ha tenido que aguantar por años sin poder protestar mis preguntas (sin respuestas). Desde hace varios años se convirtió en mi lugar favorito de este lugar.

Todavía estoy sentada con los pies descalzos sobre el otomán amarillo frente a la ventana. En mis manos, una taza de café. Fácil llevo más de cinco horas aquí sentada observándolo. El hombre en el banco del parque no se ha movido del lugar en todo este tiempo. Por ratos se acomoda un poco, recuesta la espalda contra el descansa manos, a veces se endereza un poco más. En cuatro ocasiones se ha puesto de pie y en dos de ellas me parece que para librarse de algún calambre en las piernas. No lo he visto comer o tomar algo. Tampoco he visto a nadie acercársele.

Con tanto que tengo en la cabezota para pensar, para intentar solucionar mi situación y aquí estoy dedicándole todo este tiempo a un pobre diablo que, al parecer, tiene más claro el futuro que me espera que yo misma.

«Suerte, la vas a necesitar.»

¡Benditas palabras!

¿Acaso no pudo encontrar otra cosa que decir?

¡Claro que la voy a necesitar!

Mi teléfono suena, la pereza me gana. Ha de ser Tommy. ¿Quién más? De seguro llama para despedirse. Así es él, todo un protocolo andante. Tan correcto. Se despidió en persona esta mañana cuando me quedé con las palabras en la boca, ahora intenta despedirse por teléfono y no me extraña que mañana, de camino al aeropuerto, tenga la osadía de pasar por aquí. No me salen los deseos de hablar con él. No quiero volver a escuchar lo planificado que tiene su futuro. Lo genial que le fue con el trabajo de investigación con el que logró obtener una beca para hacer el doctorado en literatura europea.

El teléfono deja de sonar.

Es extraño pero disfruto del silencio. El gozo solo me dura un par de segundos porque el timbre del celular vuelve al ataque. ¡Que contestes, Abia! Me parece escuchar la voz de Tommy y la respiración sonora como cuando está a punto de perder la paciencia conmigo. Son pocas las veces que la ha perdido, la paciencia, por mi culpa. Por eso sé sin duda cuán rojo debe tener el cuello y cómo las venas deben estar brotándosele.

—Parece mentira que no te diste cuenta esta mañana cuán roja debí tener yo la carota cuando anunciabas tu repentina despedida —le reclamo en voz baja. —¿Por qué no me dijiste antes que te ibas, Tommy, que habías conseguido la beca?

Otra vez silencio y en segundos, el celular. Ay, Tommy, ¡vete ya! Si mi chequera lo aguantara te compraba un boleto solo de ida pero para que te fueras hoy mismo.

¿A quién quiero engañar?

Voy a extrañarlo.

Lo sé.

Creo que ya lo hago.

Aunque me parece que en unos meses cada vez que intente rasurarme las piernas voy a acordarme de él.

¿Qué hicimos, Tommy?

"¿Qué hiciste, Abia?"

En la locura temporera en la que he caído desde hace poco más de veinticuatro horas, se me ocurre hacer una apuesta. ¿Cuánto tiempo le tomará a Tommy enterarse del notición?

—¿Por qué no apostamos, cariño, como siempre lo

hacemos... como siempre lo hacíamos? —vuelvo a hablarle en su ausencia.

Las apuestas están a mi favor.

Todas.

Contrario a él no soy asidua a la tecnología, mucho menos las redes sociales. No tengo cuenta de Facebook ni ninguna otra de esas cosas que andan enviciando a la gente hoy día. Si se vieran ¡ja!, van como momias pendientes a cualquier pendejada que escriba un fulano que tal vez ni conocen. *"The walking deads"*, así les llama Tita, mi amiga. La vida les pasa de largo y ellos encerrados en un mundo cibernético. Tampoco llevo correo de voz en mi celular. Tengo email y solo cuatro personas me escriben; Tommy, Chin-Hae, que es mi abuelo materno, Tita y mi papá. Cada mes el abuelo me escribe una pequeña nota en coreano, dice que es para que no pierda mis raíces. A veces me toma hasta dos horas traducir el mensaje pero siempre vale la pena. Siempre me envía una anécdota de cuando mi mamá era pequeña. Tita me manda cuanto enlace hay de vídeos en YouTube, es súper fanática de los realities de tv de música, esos que descubren nuevas estrellas. Aunque sabe que no los veo, no se da por vencida. Sueña con poder participar en uno, ella canta hermoso, pero le falta el valor para atreverse a mostrarle al mundo su talento. Tommy me escribe para enviarme los enlaces de los libros que me recomienda.

Uno.

Dos.

Tres...

Desde hace unos años solo son tres personas los que me escriben. Papá ya no lo hace... y ahora creo que no lo hará jamás.

Hace cuatro años que mi papá y yo no nos comunicamos. Él dejó de hablarme y después de varios intentos por mi parte para reconectar con él, pues acepté su voluntad. Dice que lo que hice fue un robo. Yo no lo veo así. Para mí la historia fue diferente. Él siempre quiso que yo siguiera sus pasos y los de mamá, que me convirtiera en una gran arquitecta, una de renombre internacional como él. Por eso hice mi bachiller en arquitectura, sin embargo, para el postgrado… mmm pues sí estudié en Harvard, como él deseaba, pero la especialidad la hice en lo que yo quería. No hubo ni pizca de mala intención por mi parte. Como dice Tita, «si yo jurara, lo juro, pero como no juro, pues no lo juro». Es casi un trabalenguas para decir que no hubo mala leche en evitar que, por cuatro años, papá no supiera con exactitud en qué su hija hacía la maestría. No es que no supiera, es que lo que sabía no era precisamente *toda* la verdad. Que se enterara el día de la graduación, allí cuando ya estaba sentado en el auditorio, que su única hija se recibía en Historia del Arte y Arquitectura y no en Planificación Urbana y Arquitectura Paisajista como creyó cada semestre cuando firmaba los cheques para pagar la matrícula, creo le añadió un poco de dramatismo.

¡Okey!

¡Okey!

Tal vez un poco más de lo que pensé.

El caso es que Andrés, mi padre, me acusó de ladrona, mentirosa y farsante. Su enojo fue de tal magnitud que al día de hoy, a cuatro años después de la graduación, sigue como el primer día. De regreso a la isla, luego que se enterara de la verdad en el magno evento en Harvard, me pidió que me fuera de su casa. ¡Ajá!, no fue precisamente una petición y mucho menos vino adornada de amabilidad.

Cuando le dije, aquella tarde que me reclamaba del "gran robo", del cual lo hice víctima, que no me interesaba seguir sus pasos, que no quería dedicar mi vida a diseñar edificios, creo que en ese punto en el tiempo fue cuando la terminé de cagar en grande y me gané el destierro. Por un tiempo, que me pareció una eternidad, allí de pie se quedó observándome sentada en una silla de su despacho en la casa. Hasta me pareció que los ojos le brillaban más pero no de alegría. Con los hombros caídos, lo vi caminar hasta el escritorio, de una gaveta sacó su chequera, la conozco muy bien, es la misma que pagó los estudios *no autorizados*, endosó un cheque del cual me hizo entrega.

—Ten —me dijo.

Tomé el pedazo de papel que me ofrecía y cuando vi la cifra de trescientos cincuenta mil dólares el corazón se me puso a mil.

—¿De qué es esto? —pregunté sin poder ocultar la confusión, la alegría ingenua que no puedo negar, esa sí creo la oculté bien.

—Es la herencia que te ha dejado Jung.

Esa era mi abuela materna, falleció hace seis años en Corea del Sur.

—También te dejó esto. —Me extendía un sobre color blanco—. Te doy siete días para que desalojes tu habitación.

—¿Me estás botando de mi casa? —pregunté sin poder creer lo que escuchaba. Es que de seguro había escuchado mal.

—Esta no es tu casa. Esta es mi casa. Como ya eres lo suficientemente adulta y tienes —continuó con énfasis— "muy claro" lo que no quieres hacer con tu vida, creo que es tiempo de que te vayas.

—¿Este es tu castigo por lo del postgrado? ¿De verdad eres tan inmaduro como para botar a tu hija de la casa porque tuvo el coraje de decidir por cuenta propia qué estudiar?

— ¡No hablemos de inmadurez, Abia! No fui yo quien tuvo a su padre engañado por cuatro años haciéndole creer que pagaba por algo de valor. ¿Qué diantres vas hacer con una maestría en historia? —Caminó hasta la puerta, se detuvo y todavía de espaldas se pasó las manos por la frente—. ¿Crees que dando clases vas a poder ganarte una vida como la que estás acostumbrada? No tienes ni idea de la oportunidad que desperdicias. Yo he trabajado todos estos años para hacer de ti una persona de provecho y en la oficina he dejado el lomo para dejarte un legado. ¿Y ahora es que me vienes con el cuento que no te interesa la arquitectura?

—Prefiero no tener un peso en la cartera pero sí ser feliz, hacer lo que me gusta —le respondí con tal seguridad.

—¿Y qué es lo que te gusta, lo que tanto te haría feliz?

Abrí la boca con el ímpetu que me salía del pecho para responderle cómo pensaba en ese momento que se merecía pero no me salió ni una sílaba. Avanzó despacio hasta mí que ahora estaba de pie y muda.

—Si no puedes entender cuál es la razón real detrás de mi decisión, me reafirma que estoy tomando el camino correcto. —Pasó su mano sobre mi cabeza y me acarició el pelo como siempre hacía a la hora de dormir. Estaba tan segura que era el momento de su arrepentimiento, de darse cuenta que era un error garrafal botar a su hija de la casa, entonces dijo la bendita frase—: Suerte, Abia De Luna Choi, la vas a necesitar.

Esas fueron las últimas palabras que cursó mi padre conmigo y hoy, cuatro años después sigo esperando el arrepentimiento.

Sé que ha estado bien, mi padre, que su vida ha estado según imagino lo ha planificado.

PANIFICACIÓN

¡Bah! Maldita palabra que detesto tanto, no hago más que escucharla y se me eriza el pellejo. Estoy segura que es la causante de que no quiera ejercer la arquitectura. Tampoco soy tan mala hija, he estado al tanto de cómo ha ido su vida. Tommy, como era de esperarse, se convirtió en el mensajero, el *espía* oficial. Al principio le pedía de favor que hablara con su padre y preguntara de manera casual, así como el que no quiere la cosa, como el tipo *cool* que se preocupa por saber de todos, cómo estaba el mío. La conveniencia de que el padre de Tommy es el socio en la firma de arquitectura de mi papá tenía que servir de algo. Con el tiempo estoy segura que tanto su padre como el mío se dieron cuenta de la jugada, del espionaje de Tommy y lo usaban a su favor. Entonces, el espía comenzó a trabajar para ambos bandos dándole actualizaciones periódicas de mi vida y mi suerte a su padre y el mío.

Hablando de espiar, en el tiempo que llevo aquí contándoles de mi padre y mi valentía, la que tuve de decidir mi futuro, que al día de hoy es incierto, no he dejado de mirarlo… al vagabundo. He contado diez personas que han pasado frente a él, quien todavía descansa sobre mi banco en el parque. Todos son caras familiares, asiduos del área. Dos van ejercitándose con los audífonos conectados a los oídos, dos llevan el celular pegado a la oreja y seis van manoseándolo a la misma vez que caminan.

—*Los walking deads* —murmuro.

Ninguno ha notado la presencia del hombre en mi banco.

capítulo 3

ABIA

Son las siete y treinta de la mañana. Es lunes y día de trabajar. Estoy como una idiota en medio de la cocina con dos vasos plásticos de café. Me levanté en automático. Se supone que en diez minutos me encuentre con Tommy en el parque. Antes de su rutina de ejercicios matutinos camina junto a mí hasta mi trabajo. No es muy lejos, son solo cinco cuadras desde aquí. A paso relajado nos toma llegar como unos quince minutos. La flexibilidad que le da su trabajo le permite manejar el tiempo a su conveniencia. Imparte clases de literatura en una universidad cercana.

Cuando volteo me doy cuenta que los libros que dejé sobre la mesa pequeña de la sala no están y confirmo mis sospechas. Anoche, era él, lo sabía. Lo que sí está sobre la mesa es la llave de mi departamento, la que usaba Tommy. Antes de irme a dormir agarré los últimos libros que me había prestado y se los puse en la mesa. Sabía que vendría, él tenía que cumplir con su última despedida. Sentí su presencia con un beso en mi frente temprano en la madrugada pero no me dio la gana de despertarme, de dejarlo que tachara su último ítem en la lista de "cosas que hacer antes de largarme a Italia". Por mí que se fuera incompleto. Así va a sentir cómo me siento yo ahora mismo.

Continúo con mi vida y la rutina rumbo al trabajo.

El vagabundo sigue en mi banco. Detengo el paso, luego de aclararme la garganta lo saludo:

—Buenos días.

Gruñe antes de abrir los ojos. No sé por qué me asombra saber que el hombre sí estaba dormido. Es que ¿quién puede dormir a la intemperie, a la merced de cualquiera? Me quedo esperando la respuesta a mi saludo. No tarda en recoger las piernas y dejarme un espacio en mi banco. Sorprendida por el gesto de buena educación, me siento y le ofrezco el vaso que hoy llevo demás.

—Es café —le digo al instante que noto la duda en el rostro que solo veo a medias porque sigue con la capucha puesta. De momento siento curiosidad por verle los ojos a este hombre.

Toma el vaso y distraído por el saludo que me lanzan dos personas al pasar demora un poco en llevárselo a la boca, la misma que veo retorcer en ¿desagrado?

—¿Está muy caliente? —investigo sintiéndome culpable por no advertirle antes.

Y entonces oigo la voz ronca decir:

—Azúcar, le falta azúcar.

Me rio porque no puedo hacer nada más. Sí, sí puedo hacer algo más, mandarlo a la mierda. Aunque creo que de nada serviría porque no creo que la pase peor de lo que debe estar pasándola ahora. Intento quitarle el vaso de la mano pero su reacción es más rápida que la mía.

—No —dice el muy osado y noto molestia en el tono.

Se me aprieta un poco el estómago. Me deslizo un poco más hacia la esquina opuesta del banco. Busco en mi bolso y saco un paquete de galletas Oreo.

—¿Quieres? —Le ofrezco.

—Sí. —Y arranca el paquete completo de mi mano.

El estómago se me vuelve a apretar un poco más.

Me levanto y despido:

—Que pases buen día.

Cuando ya varios pasos me han alejado un poco de él lo escucho hablar y su voz me obliga a detenerme:

—¿La encontraste?

—¿Qué? —No tengo idea de qué habla, de qué es lo que este hombre piensa que se me perdió.

—¿Qué si la encontraste? —Insiste.

—¿Qué si encontré qué? —No recuerdo haber perdido nada y las arrugas en mi cara deben estar diciéndole que no tengo ni idea de qué habla.

—La suerte que necesitas.

"*Maldito cabrón,*" despotrico en la mente porque no me atrevo a gritárselo a los cuatro vientos como me vienen las ganas y entonces siento el estómago hervir cuando aparece una sonrisa en sus labios que solo puedo describir como sádica. Estoy segura logró leerme la mente.

Respiro profundo antes de responderle: uno, dos, tres.

—¡Bah! Sigo buscando.

Antes que vuelva a hablarme continúo mi camino lanzándole otro insulto silencioso.

"*¡Malagradecido!*"

Cuando llego a la oficina voy directo al ponchador, el aparatito electrónico donde mis huellas digitales le dicen al patrono a qué hora llego y la que me voy. Enseguida me dirijo al baño, hay que vaciar la vejiga lo más que se pueda. En estos últimos días la urgencia se me hace mayor. Una vez registras tu usuario en el sistema te cuentan hasta los suspiros para los indicadores de productividad. Deberían darnos como beneficio marginal pañales desechables. Prefiero hacerme pipis encima que oírle la bocota a mi supervisor.

CS, la empresa en la que trabajo hace casi cuatro años, se dedica a ofrecer servicio al cliente a compañías grandes y chiquitas, hay empresas locales y multinacionales. El dueño tuvo una genial idea, crear un mega centro de servicio al cliente para los mercados de Estados Unidos y Latinoamérica. ¿Qué mejor lugar que Puerto Rico? Aquí somos bilingües, somos un territorio americano y los incentivos contributivos son atractivos para el inversionista americano. "Lo mejor de dos mundos." Hasta hace unos años sí lo era. He leído en el periódico que ya esos incentivos no son tan atractivos como antes, por eso, muchas empresas de capital gringo han cerrado y brincado el charco al hermano país, de la República Dominicana.

En realidad me gusta mi trabajo. Me paso ocho horas pegada al teléfono, a veces hasta quince cuando me dejan hacer horas extras cubriendo el turno de alguien que se ausentó. Mis responsabilidades van desde coordinar citas de servicio para enseres electrodomésticos, ayudar a un cliente a descubrir por qué su computadora no enciende, vender contratos de servicios, extensiones de garantías para celulares, enseres, también hacemos llamadas de seguimiento de esos servicios y encuestas de satisfacción a los clientes.

Cualquiera pudiera pensar que es un trabajo aburridísimo. No hay cosa más falsa. Aquí cada día trae consigo historias nuevas, ocurrencias inimaginables de los clientes. Cuando llego a mi estación ya Tita está ubicada en la de ella y enfrascada en una conversación con un cliente. No deja de asombrarme su capacidad para hacer varias cosas a la vez. Tiene en sus manos una revista de modas la que acerca hasta mí y me toma un par de segundos entender que quiere que vea los zapatos que lleva la modelo.

Aquí somos muchos, si mi mente no me falla, creo que hacemos casi cien operadores en el turno de la mañana y cincuenta en la noche. Cuando hay proyectos especiales pudieran llegar a ser casi cien personas en la noche también. No es raro sentirse como sardina enlatada. Los cubículos están acomodados en cuatro filas horizontales de veinticinco estaciones cada una, el espacio personal que tenemos es de menos de un metro de ancho y paredes divisoras de un acrílico transparente es lo único que contiene el sonido de un cubículo a otro. Aquí no hay privacidad, tenemos que vernos las caras todo el día. Aquí puedes ver de todo: quién se hurga la nariz y luego disimula para tirar al piso el "tesoro" encontrado, el que se rasca el culo y también hasta la cara de hastío de algunos operadores esperando la hora de salida. Por suerte, mi estación está en una esquina y a mi izquierda no tengo a nadie. A menudo los supervisores nos recuerdan que debemos mantener un tono de voz bajo para no interferir con el trabajo de los compañeros. Este lugar es un murmullo colectivo constante. Nunca hay silencio y eso trae consigo algunas ventajas.

—¿Viste el vídeo que te mandé anoche? —me pregunta Tita enseguida que termina su llamada.

Niego con la cabeza en espera de que entre la primera llamada del día para mí. *"Por favor, por favor, que llame alguien antes que…"*

—¿Qué te pasa, Abia? —Pega su silla a la mía.

Se enciende la luz roja del cuadro telefónico de mi estación y el pulso intermitente se escucha en el auricular inalámbrico indicándome que un cliente llama. *"Tarde, muy tarde,"* lamento.

—¿Qué le pasa hoy a tu nivel de destrezas sociales?

—Fuera de servicio —le murmuro mientras en mi oreja un cliente me cuenta su gran dilema; el monitor de su computador no enciende.

—¿Tan mal te sientes? —Comienza a jugar con mi pelo. Siempre hace lo mismo y termina haciéndome una trenza. Dice que es terapia de relajación para ella, creo que para mí también.

Le hago una seña con una mano indicándole cómo me siento; «más o menos».

«Tommy se fue», le escribo el gran anuncio en un Post-it blanco y se lo pego en el muslo.

—¿A dónde? —ahora es ella quien murmura.

«A estudiar el doctorado a Italia», le revelo el destino de Tommy, esta vez en otro papelito pero color púrpura que me arranca de la mano.

—¡Oh! —Arruga el rostro y llego a pensar que siente empatía por mí—. ¡Uf! —Su cara vuelve a relajarse—. Siempre te dije que esa "cosa" entre ustedes era como algo raro.

¡Puf! Ya ven que Tita, al igual que los demás, nunca ha entendido la relación entre Tommy y yo. Le quito la atención y doy instrucciones al señor del otro lado del teléfono:

—Entiendo perfectamente su situación. Aquí estamos para servirle. Voy a llevarlo poco a poco a través de unos pasos para asegurarnos que cubrimos todas las posibles causas de su problema.

—Perfecto, señorita —lo escucho decir.

—Busque en la parte trasera del monitor el cable más grueso. —Le doy unos segundos—. ¿Ya lo encontró?

—Vaya despacio por favor que la tecnología no es lo mío.

Por el temblor en su voz apostaría lo que fuera que este señor tiene más de setenta años.

—No se preocupe, señor Martínez, hágalo con calma.

Tita aprovecha el tiempo que se toma el señor para continuar con su ya conocida opinión de "la cosa" como ella le llama a mi amistad con Tommy.

—Era casi como algo incestuoso. —Retuerce la boca y yo la castigo con un modesto pero repentino empujón a su silla de vuelta a su estación.

—No somos familia. —Le recuerdo.

—Son como hermanos. ¡Guácala!

«Vete a la mierda», le escribo en otro pedazo de papel mientras sigo esperando que el señor Martínez encuentre el cable grueso del monitor.

—Lo tengo —le escucho decir con entusiasmo al señor.

—Perfecto, me alegra que haya usted encontrado con

"facilidad" el cable. Ahora, tome la rabiza con la manos y asegúrese que está conectada al receptáculo eléctrico.

—¿A la corriente? —pregunta y puedo notar cierto aire de incredulidad.

"No, señor Martínez, no le estoy diciendo morón. Sepa usted que el 90% de la causa de que un computador no prenda son originados por un cablecito mal conectado o que se nos olvida conectar."

—Sí, señor —respondo con toda naturalidad.

—Eh...

El señor Martínez tarda en decírmelo pero sé que acaba de descubrir que el cable de su monitor no está conectado a la corriente. En este trabajo, con el tiempo, aprendes a reconocer los tonos en las voces de la gente, los sonidos extraños que hacen de manera inconsciente o consciente para expresar o no expresar lo que piensan, lo que sienten.

—Cuénteme, ¿qué encontró?

—¡Je! Tenía usted razón, señorita, el cable estaba desconectado. Seguro fue mi mujer cuando limpió ayer. Ya lo conecté y el monitor prendió sin problemas.

—No se preocupe. Aquí estamos para ayudarlo. ¿Alguna otra cosa en la que le pueda asistir?

El señor se despide, no sin antes darme las gracias como diez veces más.

—¿Por qué no me dijiste que tu hermano se largaba? —Vuelve Tita al ataque.

—Deja de decir que es mi hermano, cualquiera que te escuche lo puede creer —advierto entre dientes.

Siendo objetiva, la verdad es que no la puedo culpar por molestarme de esa manera. Tommy yo nos conocimos cuando mi padre me trajo consigo de vuelta a la Isla desde

España. Dice mi papá que después que mamá murió en los atentados de los trenes el 25 de julio del 1995 en París, cuando iba de regreso a España luego de una visita a unos clientes en Francia, ya no tenía nada más que buscar en Europa. Así que regresamos a su tierra natal y recuerdo con claridad que esa misma semana fuimos a cenar a casa de los padres de Tommy. La afinidad fue instantánea. Vi a un chico flacucho vestido de manera impecable con un pantalón gris oscuro y una camiseta de manga larga. Estaba parado entre sus padres y me regaló la sonrisa más sincera que había recibido desde la muerte de mi madre. Entre aquellos labios no había escondido un «lo siento» o «pobre niña». Enseguida me invitó a jugar en su cuarto. Me negué porque pensé que jugaríamos alguno de esos videojuegos, luego acepté por obligación de mi padre. Para mi sorpresa cuando entramos al cuarto de Tommy, no encontré ningún aparatito electrónico. Su área de juego se expandía por dos paredes inmensas colmadas de libros y juegos de mesa, desde el piso hasta casi el techo.

Esa noche Tommy no dejaba de mirarme y su instantánea obsesión con tener los ojos sobre mi cara comenzó a incomodarme. No tuve que decirle, él supo cómo me sentía y confesó su atracción:

—Es que me gustan tus ojos.

¿Cómo se supone que una niña de diez años responda a una revelación de ese tipo? Él supo que en su intento de arreglar la situación, la empeoró.

—Nunca había visto en persona a nadie con los ojos así. —Tomó una libreta de encima del escritorio junto a su cama y dibujó una hoja—. Tus ojos parecen hojas. Me gustan.

No puede más que sonreír y aceptar que en este nuevo

país, al que mi padre me había traído a vivir, yo no pasaría desapercibida. Los rasgos físicos orientales que heredé de mi madre me separan del montón. La forma de mis ojos son como hojas, tal cual lo definió Tommy. Los rasgos latinos se adueñaron del resto de mi rostro y cuerpo. Mi piel, que aunque blanca, tiene cierto tono dorado. Mi pelo es marrón, lacio y aburrido hasta el cansancio, siempre lo he llevado un poco más debajo de los hombros. Esa era yo, nacida en España de madre coreana y padre puertorriqueño, sin idea de qué me depararía el futuro.

Esa sigo siendo yo.

Desde el primer día en el nuevo colegio, ese niño se autonombró mi guardián y a mí no me molestó para nada.

—¡De Luna! —me llama el supervisor Torres.

«Te jodiste», me escribe Tita en otro papel.

Con el auricular inalámbrico colgando en la oreja izquierda me levanto y camino despacio hasta la oficina del fondo, la que tiene los cristales transparentes y grandes, desde donde el jefe monitorea toda la acción del Centro. Siento un repentino impulso por sobarme el estómago y antes que mi mano llegue al destino, la dirijo a mi cabeza y me acomodo la trenza sobre el hombro. ¿Alguien se habrá dado cuenta? Inevitable no sentir la mirada de casi todos los operadores escoltándome.

—Buenos días —saludo al llegar.

—Necesito que trabajes mañana desde tu casa —anuncia sin responder mi saludo extendiéndome un celular y una computadora portátil.

—¿No va a abrir el Centro mañana?

Que yo sepa no es día feriado y ya tengo turno asignado para mañana.

—¿No ves noticias? —pregunta en un tono áspero y no me deja responder—. Se ha informado que la madre de los huracanes cambió de trayectoria hace una hora. Esperan que el ojo pase mañana a mediodía por la isla.

—¿Qué? —*"¿Huracán? ¿Cuándo? ¿Por qué nadie dijo nada? ¿Acaso no se había acabado ya la temporada?"*

Con un movimiento brusco voltea el monitor de su computadora en mi dirección.

—¡Que esa cosa nos va a rajar en dos! Qué suerte y que venir a cambiar de rumbo en el último día de la temporada de huracanes. ¡De la nada, De Luna, de la nada le ha dado con virar a la aberración esa!

—¡Oh! —es lo único que puedo decir al ver la mancha roja con movimiento circular que se aproxima a esta islita.

—No abriremos mañana, tendremos solo a diez operadores trabajando remoto para asegurarnos que damos continuidad al servicio. Aunque creo que con esa mierda acercándose la gente no va a tener tiempo de llamarnos.

—¿Trabajaremos todo el día hoy? —la lógica me hace preguntar porque no tengo nada en la reserva de alimentos para la temporada de huracanes.

—Vamos a ir despachándolos por turnos. El primer grupo se va a la una de la tarde y luego un grupo cada hora. Deberían estar ya todos fuera a las tres.

Siento alivio. Espero tener algo de suerte en el supermercado. Cuando ya estoy a punto de salir de la oficina me llama.

—De Luna. —Lo veo rascarse la barriga con un dedo a través del espacio entre el botón y el ojal en su camisa. Intento no notar el vello oscuro de la panza. ¡Guácala! Es que él solito se gana los sobrenombres que la gente le pone—.

Quédate la noticia para ti. Vamos a ir notificando poco a poco a los demás.

Muevo la cabeza un poquito y enseguida me voy intentando borrarme de la mente la imagen de la barriga peluda.

Antes de que termine de acomodarme en mi estación Tita no pierde la oportunidad para cuestionarme.

—¿Qué pasó? ¿Qué te dijo el señor Barriga Pelúa?

«Nos vamos temprano. Viene un huracán», le revelo el secreto en otra notita que retengo en mi mano y no dejo que se apodere de ella. La veo navegando en el internet en su celular. Ahora es ella quien me pasa una nota mientras me enseña la misma imagen del huracán que Torres me mostró en su oficina.

«¡Esto se jodió, Abia!»

capítulo 4

ABIA

Por suerte me toca salir con el segundo grupo. Ya a las dos de la tarde voy caminando rumbo al supermercado. Pienso tomar un taxi de vuelta, digo, si es que todavía queda algo de agua y comida enlatada en los anaqueles del súper. El mercado queda al lado opuesto de mi trabajo, por lo que aprovecharé para dejar el celular y la computadora en mi departamento, no sea que por mala pata me asalten y tenga que pagar por los equipos también. Caminando por el parque veo al vagabundo enfrascado en una lucha con unas cajas de cartón. No dejo de observarlo ni un instante, ni tan siquiera cuando algunos conocidos del parque me saludan por mi nombre. No puedo aguantar las ganas de reír al ver que cuando logra levantar un lado de los pedazos de cartón y usar el banco como base para sujetarlo, otro lado se le derrumba. Paso frente a *mí* banco y me hago la desconocida pero no lo puedo evitar.

—¡Suerte! —le deseo. Reduzco el paso y pestañeo varias veces porque me parece notar el reflejo de una sonrisa en el cristal de mis gafas de sol.

En el súper la gente está con la típica histeria del huracán. Me quedo asombrada cuando veo una señora pasar por mi lado con un carrito de compra lleno de carnes frescas. *"Señora, ¿se ha enterado que viene un temporal?"*, quise decirle pero creo que parecería una idiota. ¡Claro que se tiene que haber enterado! Ya a esta hora todos hablan de lo mismo. En los altoparlantes del establecimiento tiene puesto la emisora de radio de noticias. Es sorprendente como en tan poco tiempo tienen todo un montaje de producción. Escucho que el locutor pasa el comando a un reportero que se encuentra en el área sur de la isla, luego, al Centro Nacional de Meteorología y después casi diez minutos de anuncios.

Camino entre las góndolas repletas de consumidores al borde del desquicio. Llevo en la mente una lista muy clara de lo que necesito para pasar el día de mañana. Me suena el celular, observo la pantalla pero no identifica el número. Ignoro la llamada de Tommy, estoy segura que es él quien llama. Cuando levanto la vista para continuar el paso tropiezo con una señora que lleva tres chiquillos montados en el carrito de compras. Todos, los tres mocosos parecen mirarme y la señora lleva en su mirada un «Así te veré, Abia».

Salgo de prisa de esa góndola y en otros pasillos logro alcanzar una lata de salchichas, una de atún, una caja de galletas de soda y un pote de *Chef Boyardee*. En general mi compra de alimentos es liviana, lo que sí pesa es la caja de agua que compré y gracias a ella debo pagar un taxi. No tengo auto, no lo necesito. Mi vida diaria es alrededor de las cuadras cercanas a mi departamento. ¿Quién quiere desperdiciar dinero en una máquina que no va a usar? Cuando vives sola y ganas el salario mínimo, hasta un centavo hace la diferencia. Hay que hacer sacrificios para pagar la deuda pendiente.

Cuando ya tengo mis paquetes montados en la cajuela del taxi le pido al señor que me espere unos minutos, sin pensarlo entro a la ferretería de enfrente y me gasto los últimos treinta dólares que me quedan en la cartera para la semana.

capítulo 5

BRAD

Llevo casi una hora luchando con el bendito cartón. Lo pongo de un lado y se cae del otro. Huele a cebolla y no sé a qué diablo más. ¿De qué me quejo? Seguramente huele mejor que yo. Fue lo único que conseguí tirado en la basura, en este vecindario parece que la gente come cartón.

¡Mierda!

Esto no está dando resultado.

Me dijeron que viene una tormenta. Una grande. He escuchado de ellas pero nunca he tenido el "placer" de vivir la experiencia y mucho menos a la intemperie. «¡Huracán!» Me dijo una señora que he visto cuatro veces esta semana y que nunca me había dirigido la palabra. Me regaló la advertencia de lejos. Lo hizo en español y en inglés imagino que por aquello de si no la entendía. «*Hurracaine!*»

"Puedes irte a un refugio," me digo a mí mismo. *"Es la*

ocasión perfecta," me contradigo. Estoy a punto de agarrar las benditas cajas y lanzarlas a la laguna, de largarme de aquí.

A segundos de darme por vencido escucho que alguien me habla:

—Estás de suerte, amigo, todavía quedaban algunas cositas en la ferretería.

Me tomó por sorpresa, no la sentí acercarse. Desde que estoy en la calle llevo los sentidos agudizados. Juro que reconozco hasta el más silencioso sonido de la noche. Es como estar en una especie de estado paranoico constante.

—Vamos a ver. ¿Por dónde empezamos? —vuelve a hablar.

La tengo frente a mí y sigo sin entender por qué carga unos pedazos de cartón, algunos más grades que ella y también palos de madera. Ahora deja caer al piso una bolsa plástica y del interior saltan cosas.

Cinta adhesiva.

Navajas.

Un rollo de alambre.

Cinta métrica.

Lápiz.

Papel.

Serrucho pequeño.

Un rollo de plástico para cubrir el piso cuando se pinta y otras cosas que no logro reconocer.

—La verdad, no creo que la cosa esa pase. Siempre es la misma historia. «¡Por ahí viene el huracán! ¡Ya viene!» Y nunca llega. Es como el cuento del lobo. ¿Lo conoces? —pregunta pero no me da tiempo para responderle—. Termina uno gastándose lo que no tiene y meses después botando a la basura toda esa comida enlatada que jamás te comerás.

Estoy paralizado observando y escuchando a esta mujer, intentando descifrar qué diablos hace. *"No"*, me digo a mí mismo, *"no se te ocurra"*, me vuelvo a advertir para que me quede claro.

—¿Vas a ayudarme o a quedarte ahí parado como...?

—Idiota —completo su pregunta.

La veo abrir los ojos un poco más de la cuenta. Tiene los ojos café de forma alargada.

"Le brillan."

—Que conste que lo de idiota lo dijiste tú.

Muerdo la risa que me provoca su respuesta y me agacho esperando instrucciones.

—Cuando diseñas —comienza a explicar— tienes que empezar por entender cuál es tu necesidad. Imagino —agita un poco las manos en el aire— que intentas construirte un refugio para pasar el huracán. ¿Cierto?

Asiento con la cabeza.

—¿Has estado alguna vez en un huracán?

Niego.

—En un huracán hay mucha lluvia, por lo que si haces tu refugio directamente sobre el suelo, terminarás con el agua hasta el cuello por no decirte que con el trasero mojado también. Lo que necesitas es una base elevada para hacer tu albergue —se pone de pie rápido y yo hago lo mismo despacio—. Este banco, *mi* banco, es el lugar perfecto. Lo usaremos como cimiento.

No digo una sola palabra en todo el tiempo que la mujer está trabajando. Ella, por el contrario, no se calla. Me explica hasta el más mínimo movimiento que hace. Me siento de vuelta en la universidad. Con la cinta métrica mide el banco, anota en el papel, ahora me mide a mí, lo hace en el aire, no se atreve a tocarme, vuelve a medir el banco, anota en los palos de madera y vuelve a medirme. Agarra el serrucho y agitándolo en mi dirección me pide que le corte los palos. Lo hago al instante.

Me parece que lleva casi una hora aquí conmigo y no puedo creer lo que tengo ante mis ojos. Ha construido una especie de casa sobre el banco del que constantemente ella se adjudica propiedad. Hizo un esqueleto con los palos de madera y lo fijó a los bordes del asiento, con el cartón construyó las paredes, techo y hasta una puerta y con el plástico le creó una especie de capa impermeable al techo y las paredes.

—Ahí lo tienes, amigo —anuncia mientras la veo alejarse un par de pasos con las manos en la cintura admirando su creación.

"Los ojos le brillan más."

Recoge los materiales y los coloca de vuelta a la bolsa. Vuelve a estirar la mano hacia mí.

—Te los dejo por si necesitas hacer alguna reparación —me dice sonriendo y alejándose.

La veo avanzar hasta el cruce peatonal, una vez en el otro lado de la calle, desaparece a través de la entrada del edificio más grande, el de color marrón, el que tiene unas letras plateadas en la entrada que dicen *Mi-Cha*.

✱✱✱

Cada vez es menos la luz del sol.

Cada vez es menos la gente que camina por el parque.

Cada vez menos los carros en la calle, menos las bocinas que suenan.

Estoy sentado en el piso, al lado de mi nuevo refugio. La poca gente que todavía pasa por aquí es secuestrada por la novedad de la estructura sobre el banco. Ninguno parece notar que estoy en el suelo, que comienza a llover, que comienzo a mojarme el trasero.

Me meto en el caparazón este que me ha regalado la mujer. No sé su nombre, no le agradecí el gesto. La lluvia aprieta, aunque el sonido que hace al caer sobre el plástico me exaspera, logro controlar la ansiedad.

Me dura la calma solo un poco, escucho un sonido que no puedo descifrar, es uno nuevo y suena a enojo. Las paredes de cartón se estremecen. Esta vez la noche grita más fuerte.

—¡Hey! —Escucho una voz y enseguida la puerta del *refugio* se abre—. ¡Sal de ahí! ¡Ven conmigo! ¡Esto está peor de lo que pensé!

Cuando salgo de la cueva veo los árboles cediendo a la furia del viento, el paraguas que sujeta la mujer, la que me construyó el refugio, está al revés.

¡Huy!

Se le acaba de escapar de las manos.

Las luces de los postes parpadean.

—¡Vamos! —Me agarra una mano muy fuerte y voy con ella.

Estamos cruzando la carretera desierta. Giro la cabeza a la derecha buscando la procedencia de un estruendo que se acerca. Estiro los brazos y la reacción es instantánea. Agarro la mujer y de un jalón me la llevo encima y termino de cruzar hasta el otro lado de la calle. El bote de basura que iba directo a golpear a la mujer de poca suerte sigue su camino entre el aire y el suelo agitado por el viento.

Cuando la devuelvo al suelo no me mira, sino que sigue caminando hasta el edificio donde la vi desaparecer unas horas atrás y yo sigo tras ella todavía sintiendo el retumbar de su corazón en las palmas de mis manos.

Me detengo cuando ella lo hace después de subir tres pisos de escaleras.

Jadeamos.

Ninguno de los dos parece tener aliento para hablar.

—Espérame... aquí —ella logra hacerlo, hablar, y desaparece a la derecha por la única puerta en el pasillo.

Siento algo extraño en mí cuerpo cuando escucho que le coloca el cerrojo a la puerta. No sé si es en mi estómago o en mi pecho. En unos minutos vuelvo a escuchar el mismo sonido del cerrojo, vuelvo a sentirme igual, esta vez confirmo que no es en mi estómago lo que siento. La veo aparecer con las manos llenas.

—Ten, con esto puedes secarte y con esto arroparte si te da frío.

Tiene el pelo mojado y despeinado, lleva una toalla por encima de los hombros. Pone en mis manos una toalla seca y lo que parece ser una manta gruesa.

—Puedes quedarte aquí, en el pasillo, en lo que pasa el mal tiempo —dice.

Se queda mirándome al rostro. Me remuevo la capucha del abrigo hacia atrás, quiero verla bien. La miro a la cara también.

¡¡¡Zas!!!

Veo un centellar que casi me deja ciego y enseguida

oigo una explosión aterradora.

"Holy shit!"

Se apaga la luz del pasillo donde estamos, en segundos se enciende otra luz más tenue, más amarilla. Creo que es la luz de emergencia. *"Fuck"*, el corazón lo llevo latiendo en la garganta. *"¿Me oriné encima del susto?"* No lo sé. Estoy todo enchumbado por la lluvia.

La veo abrir la puerta y caminar hacia dentro del departamento otra vez. ¿Se habrá dado el susto de la madre como yo? Asoma medio cuerpo y desde adentro habla dejando pausas más largas de lo usual entre cada palabra:

—Si... necesitas... usar... el... baño... me... tocas... la... puerta.

—Gracias —le digo antes que termine de desaparecer y creo que la oí decir, «A ti, por lo de la calle».

Los truenos son cada vez más intensos. Parecen que me buscan. Deben estar riéndose a carcajadas de mí. Eso allá afuera parece el fin del mundo. Con la toalla me seco el cuerpo lo mejor que puedo. Me siento en el primer escalón y recuesto la espalda de la pared. La cobija que me dio la mujer se siente cómoda y huele a *"fuck!"* suavizador de ropa.

La nariz me pica.

Mucho.

¡Achuá!

Me arropo lo mejor que puedo e intento relajarme. Esa cosa allá fuera es seria. Tuve esperanzas, hasta el último segundo las tuve, de que viniera algún buen samaritano a ofrecerme cobijo, tal vez, un aventón al refugio más cercano. No dejo de preguntarme, ¿cómo puede ser la gente tan inhumana? Justo cuando se me retorcían los músculos del cuello de solo pensar que Theo tiene razón, vuelve a aparecer esta mujer.

No sé por qué insisto en llamarla "mujer". ¡Bah, sí, sí!, es una mujer. Eso creo. Pudiera ser un travesti, pero no lo creo, no me parece. Es linda. Es una mujer y a lo que me refiero es que es joven. ¿Cuál será su nombre? No tiene cara de una María, mucho menos de Carmen o Susana, tampoco de...

Un momento.

Se me explaya la boca en una sonrisa, no puedo evitarlo al ver la sombra de los pies de la mujer "sin nombre" bajo la puerta.

Se mueve de un lado al otro.

Se detuvo.

Ahora camina otra vez de Este a Oeste y lo hace más rápido.

Enseguida que escucho que quita el seguro de la puerta me hago el dormido.

—Amigo.

No le respondo a la primera porque alguien que de verdad estuviera dormido no lo haría.

—¡Epa! ¡Amigo!

¡Oh, no! No de nuevo, el suavizador de ropa y el picor en mi nariz.

¡¡¡Achuá!!!

¿Se habrá dado cuenta que finjo?

Abro los ojos y la veo con la mitad del cuerpo asomado entre la puerta y el marco.

—Salud —dice—. Hagamos un trato. Te dejo entrar a mi casa y pasar el huracán aquí si prometes portarte bien.

—Mira al piso mordiéndose los labios y cuando regresa su mirada donde mí, lleva una expresión estrujada en la cara—. Verás, estoy armada y no dudaré en usar el arma en mi defensa si intentas algo fuera de lugar.

Me rio y sin pensarlo le respondo:

—Si fuera verdad, "amiga"—enfatizo—, que tienes un arma, decírmelo es la cosa más estúpida que puedas hacer.

Los orificios de la nariz se le explayan.

—Te estoy amenazando de una manera decente, "amigo".

—Me estás diciendo exactamente lo que tengo que hacer para hacer lo que sea que pienses que te puedo hacer, "amiga".

Tuerce la boca antes de hablar.

—Okey —se rasca la nuca—, no tengo un arma pero sí spray pimienta. —Me muestra el pequeño cilindro asomado en un bolsillo delantero del pantalón.

—Ahora sí lograste intimidarme, prefiero quedarme aquí —le digo y me acomodo mejor.

Suelta un resoplido.

—Ese es el problema, que mientras estés allí —señala en mi dirección—, yo no puedo estar tranquila —ahora señala donde está ella— aquí.

La observo y no digo nada.

—Creo que el sofá está más blandito que ese piso —insiste.

Me pongo de pie y mis nalgas suplican: «¡Acepta, por favor!». Los días durmiendo en el banco comienzan a pasarme factura. Noto como ella agarra con fuerza la cerradura de la puerta mientras ve que me acerco.

—¿Cuál es tu nombre? —Exploro.

Sube un poco la cabeza para mirarme.

—Abia.

"Abia", repito en la mente no para recordarlo, sino para acostumbrarme. Al instante la voz en mi mente advierte: *"Te dije que no, con ella no"*.

capítulo 6

ABIA

—Brad —creo que dice.

El vagabundo nota mi confusión y aclara:

—Así me llamo, Brad—. Lo veo inclinarse un poco, me habla de cerca—: Relájate —pero yo ya tengo el corazón latiendo a mil—, no tienes que tenerme miedo, Abia.

Cuando Brad dice mi nombre siento que pierdo la fuerza en la mano y suelto al instante el pomo de la puerta. Aunque ya no lleva la capucha no logro verle bien los ojos, el pelo largo que lleva alborotado en la frente y la poca luz no me ayudan.

Está peludo.

Bastante.

Pelú es poco.

Mucho.

Demasiado, algo así como el Jeti o Pie Grande.

La luz que alumbra desde la esquina del pasillo es la de emergencia. Algo debe haber pasado con el generador sustituto del edificio que no ha encendido. *"¿Qué diantres haces, Abia?"* No tengo idea. ¿Por qué estoy abriéndole la puerta de mi casa a este extraño? Tommy hubiera dicho que ya era suficiente con dejarlo cobijarse en la escalera. Precisamente ese era el plan B que inventé en el instante que vi como la estructura de cartón iba cediendo a la furia del viento. Cuando comenzó a caer la noche, el clima empezó a deteriorar. Algún reportero del tiempo debió estar bailando toda la temporada de huracanes la danza de la lluvia. ¡Meteorólogos de pacotilla que nunca la pegan con los pronósticos! Se supone que Alex, el huracán, comenzara a sentirse durante la madrugada. Tenía que llevar nombre de hombre el bendito fenómeno. Yo no podía dejar al vagabundo, que ahora sé que se llama Brad allá afuera.

Él entra despacio a mi hogar que está alumbrado por algunas velas que encendí, coloqué dos en la sala y una en la cocina. Lo veo retorcer la nariz.

¡¡¡Achuá!!!

¡¡¡Achuá!!!

¡¡¡Achuá!!!

—Salud —le digo y me quedo esperando las gracias.

Se rasca los ojos y vuelve a estornudar. Transfiere el peso de su cuerpo de un pie al otro. Creo que espera que le diga dónde puede sentarse. Y yo pienso… y pienso… y pienso. *"La sala sería buen lugar para mantenerlo a distancia. Yo me sentaría en uno de los taburetes de la cocina y lo mantendría vigilado. Pero miro sus pies y aunque por la oscuridad no puedo validar que siguen igual de sucios que como cuando los vi el domingo, enseguida cambio de opinión. Tiene la ropa mojada, me va a estropear el sofá.*

¿Y si le digo que se siente en el taburete y yo me siento en el sofá? Me parece que esa es una mejor idea."

Bostezo.

"¡No! No creo que el sofá para mí sea mejor opción. Es demasiado cómodo y con lo cansada que estoy creo que caeré en los brazos de Morfeo sin darme cuenta. Entonces, Brad, el extraño, se quedará despierto y... ¡No!"

Me espera una noche larga, con este extraño aquí no pienso pegar un ojo.

—Ven —le digo y muestro el camino con una de mis manos—. Te puedes sentar aquí. —Halo una silla de la mesa del comedor.

Brad se sienta. Yo camino hasta el extremo opuesto de la mesa y me acomodo frente a frente. Él, que ya se había ubicado en la silla, se pone de pie y yo empuño mi mano en el spray pimienta que cuelga de mi cintura.

No respiro.

No me muevo.

Tengo todos los sentidos puestos en los movimientos de Brad. Camina hacia mí que estoy lista para vaciarle encima el pote de spray. Llevo en la garganta un grito de ¡auxilio! listo para salir. Lo veo pasar por mi lado y siento que me tiembla el dedo pulgar, el que tengo en el pistilo del rociador. Llega hasta la cocina donde agarra una de las velas de la encimera, estornuda dos veces, lo hace más fuerte y regresa a su lugar, antes, coloca la vela en el medio de la mesa del comedor.

Ahora respiro profundo y me trago el ¡auxilio! que me sabe a relajación.

Nos quedamos en silencio por un rato. Gracias a la vela que Brad colocó en medio de la mesa puedo verlo mejor, además, aprovecho la luz adicional de cada relámpago para intentar verle mejor la cara que se le ilumina todavía más porque está de frente a la ventana de la cocina. Ojalá y pudiera descubrir algo en ella que me pueda decir más de él.

— Así que te llamas Brad.

No es una pregunta. Hablo porque ya me estoy desesperando con la escena: la vela, las sombras, los truenos, los relámpagos y el viento. Siento que estoy pasando las páginas de una historia de Stephen King y detesto las historias de horror, las leía solo por complacer a Tommy.

—Y tú Abia —responde luego de descansar los codos sobre la mesa.

No sé si bromea o con toda intención me está corriendo la máquina.

—¿De dónde eres? De aquí estoy segura que no.

—*United States.* —Vuelve a estornudar—. Un gringou.

Me causa gracia como pronuncia la palabra gringo. Su nivel de español me da curiosidad.

—¿Dónde aprendiste a hablar español?

—Miami —responde en seco y siento que pone un punto final al tema.

Vuelve el silencio.

Oigo las manecillas del reloj de la sala sonar.

Tic.

Tac.

Tic.

Tac.

—¿Cómo llegaste hasta aquí, a esta isla? —Insisto.

—*Long story.*

—Tengo tiempo para escucharla —digo algo entusiasmada por conocer su historia.

—Y yo tengo hambre.

"¡Oh! ¿Cómo no se te ocurrió antes, Abia, que este hombre debía estar muerto de hambre?", me reprendo pero también pienso que si lo que intenta es desviar la atención de su historia, la que tanto deseo escuchar, lo ha logrado. Aclaro mi garganta mientras me pongo de pie, camino hasta la cocina sin quitarle vigilancia a sus movimientos, lo sigo con el rabito de mis ojos. Regreso cargando mi compra de emergencia. Se me resbalan de las manos algunos potes cuando intento ponerlos sobre la mesa. Brad se levanta, el corazón me salta, él recoge del piso el pote que se cayó.

—Tuna, *Chef Boyardee*, humus y galletas—ofrezco.

—*Boyardee* —dice y escucho el ¡pop! de la lata al abrirla. ¡Ah! la conveniencia de los empaques innovadores en estos tiempos. Antes, sin un abridor era imposible comerse un *Chef Boyardee.*

—Espera —le advierto—. Ten. —Le entrego una cuchara plástica que me había guardado en el bolsillo—.Te lo calentaría pero como no hay luz pues…

—Está bien —me interrumpe.

Lo observo comerse los espaguetis fríos sentado otra vez en el único lugar que le permití hacerlo. *"Sé un chico bueno, Brad, por favor, sé bueno,"* le ruego mentalmente.

—¿Hace mucho que no te recortas? —Ahí estoy de nuevo a la carga intentando saber más de Brad. ¿Seré idiota? Desde un avión se ve que hace siglos esa cabeza no ve tijeras.

—Algo —responde y cuando lo hace expulsa pedazos

de fideos que rocían la mesa.

"*Oh.*"

—Tal vez por eso es que la gente no se te acerca.

—Quizás.

—¿Cuánto tiempo llevas en la calle?

—Algo —sigue comiendo.

Cierro la boca porque no quiero otro «algo o quizás» como respuesta.

Estoy sonando los dedos de la mano izquierda sobre la mesa.

Tac, tac, tac.

Tac, tac, tac.

Tac, tac, tac.

Uno.

Dos.

Tres minutos es lo más que aguanto sin hablar.

Soy esta vez más específica.

—¿Cuántos días llevas rondando el vecindario?

Comienza a imitar el movimiento de mi mano sobre la mesa pero el ruido que crean sus dedos es más fuerte.

Toc, toc, toc.

Toc, toc, toc.

Toc, toc, toc.

—Una semana o dos —hace un ruido grotesco—, no sé —dice y estornuda— tal vez —se limpia la nariz y la boca con el borde de la camisa—, quizás.

Me debato entre ofrecerle una servilleta o mejor rosearlo con el spray desinfectante que tengo en el baño.

—¿Quieres una pastilla para la alergia?

—No —responde enseguida.

¡Se acabó!

Me cansé de la intransigencia de este señor.

—Amigo Brad, esta es tu situación, afuera hay un temporal de madre, estás mojado de la cabeza a los pies y desde que entraste aquí no paras de estornudar. Sin duda te está atacando un resfriado y no me quiero enfermar.

—Son las velas —farfulla.

"¡Oh! ¿Mis velas?"

—¿Qué tienen?

—Huelen a pacholí, a sahumerio.

"¡¿Qué?!"

—Pues te informo que son las únicas que tengo y hasta que no venga la luz o se encienda el generador de emergencia, es lo único que hay —me paro otra vez—. ¿Quieres la pastilla o no?

—Que remedio —protesta recostando la espalda en la silla—. De paso dame agua.

—Por favor —le completo lo que debió ser su oración, ¡carajo!

Regreso con el agua que serví en un vaso desechable y la pastilla que saqué de mi cartera que dejé encima de la encimera. Coloco ambas cosas encima de la mesa, en el medio, a una distancia segura de Brad.

Llevamos diez minutos sentados a la luz de la vela, uno frente al otro sin decir nada. Afuera sigue haciendo estragos el temporal. Ya Brad no estornuda. No he dejado de pensar qué más puedo hacer por él para que esté cómodo. ¿A quién le miento? Es para que yo también esté cómoda. No hay luz todavía por lo que el aire acondicionado no funciona, las ventanas no se pueden abrir porque el viento y la lluvia estropearían todo. Hace rato comencé a sentir un olor que ni las velas aromáticas pueden camuflar. Con disimulo me huelo pero confirmo que no soy yo quien apesta. Ya estoy sintiendo calor, sin embargo, Brad no hace el intento de removerse el abrigo mugriento que lleva puesto.

—Si quieres puedes darte un baño. Lo único es que no podrás lavar la ropa hasta que regrese la energía para que la puedas secar. —No tuve opción más que hacerle el ofrecimiento. No podré soportar este hedor por mucho tiempo. Tener a este hombre sin ropa en mi casa no me da precisamente tranquilidad.

—Okey —dice.

—¿Cuántos años tienes? —Aprovecho la conversación para indagar.

—¿Por qué preguntas?

—Curiosidad.

—Ya te dije una vez.

—No, no me dijiste. —Estoy segura que si me hubiera dicho lo recordaría.

—Sí, sí te dije.

—Lo recordaría si me lo hubieras dicho.

—Veintinueve.

—¡Ah! Igual que yo. —Me causa algo de emoción la coincidencia.

—No —dice—. Que tú tienes veintinueve.

Otra vez empieza a latirme más rápido el corazón.

—¿Cómo lo sabes? —*"Más vale que me responda con algo de sentido porque sino hasta aquí llego y lo despacho ahora mismo, que se lo lleve el viento del huracán."*

—Me lo dijiste ayer después que yo te dije la mía.

"¿En serio? No recuerdo."

—Treinta y uno —dice Brad, parece que la cara de pena que debo llevar lo hace hablar—. Está bien, quita esa cara, no creo que nadie espere que recuerdes la edad de un vagabundo.

—Yo sí —suelto.

—¿Sí qué?

—Sí espero recordar la edad de una persona que conozca en la calle. De hecho, siempre recuerdo la edad, nombres y lugares de la gente.

—¿Aunque sea de un extraño?

—Aunque sea de un extraño —respondo.

—¿Por qué lo harías? —pregunta Brad recostando otra vez los codos en la mesa.

—¿Por qué no? —Imito su movimiento.

—¿Por qué te importaría? —Se toma el resto del agua que queda en el vaso.

—Para hacer sentir especial a la persona.

—¿Y qué ganas con hacer sentir especial a la persona?

"¿A dónde diantres nos llevará esta conversación?"

—Agradecimiento, amabilidad —digo y lo oigo respirar hondo.

—¿Y de qué vale el agradecimiento? —Creo que una

sonrisa soslayada le aparece bajo la barba peluda—. Yo no puedo comprar comida con agradecimiento, no me rentan un lugar como este solo por ser amable y decirle al dueño —afina la voz y continua— estoy muy agradecido de que pueda vivir aquí. ¿O es que eres de esa gente que tienen en un papel anotado todas las veces que hacen algo por alguien para luego pasarle factura?

"*¡Qué!*"

Estoy que prendo de medio maniguetazo.

—¿Tienes familia? ¿Mamá? ¿Papá? ¿Hermanos? ¿Hijos? ¿Novia?¿Usas drogas? ¿Tienes SIDA? ¿Has robado? ¿Eres gay? ¿Le has hecho daño a alguien? —Lo ataco en lo personal para desquitarme de lo que acabo de clasificar una burla de su parte. ¡Ja! A ver si logras escaparte de éstas, amigo Brad.

Se muerde el labio inferior con lentitud.

—¿Vives sola en este lugar? —No sé si es mi imaginación pero la voz se la escucho más gruesa—. ¿Cada cuánto te visitan los vecinos? ¿Alguna vez te has atrevido a usar el *pepper spray*? Apuesto que no matas ni a una cucaracha. ¿Por qué te dejó tu novio? ¿Hasta cuándo vas a seguir llorando tu mala suerte? ¿Ya decidiste si te vas a sacar lo que tienes en la barriga?

Me paro con la boca y el estómago apretados decidida a mandarlo al carajo.

—Creo que debes irte.

Okey, lo acepto, la mandada no fue tan lejos.

Entramos en una pausa desagradable.

—Incómodo —dice en un tono pausado—. ¿Verdad? —pregunta poniéndose de pie.

Seguimos frente a frente.

No le respondo pero lo escucho hablar.

—La gente siente curiosidad por entrar en la vida de otros pero no consideran cómo eso hace sentir a los demás. Tú quieres saber de mi vida, por lo que sea: curiosidad, morbo, entretenimiento. A saber. Yo también tengo algo de eso por saber de ti… del morbo, del entretenimiento, la curiosidad. —Creo que guiñó un ojo.

Por segunda vez en menos de un minuto este hombre me deja muda. No responde ninguna de mis preguntas pero con su contraataque y la lección que intenta darme me ha revelado más de él de lo que piensa. Estoy segura que en algún momento de su vida fue feliz, que tuvo éxito en lo que fuera que hiciera. También estoy segura que no ha robado, que, al igual que yo, no ha matado ni una cucaracha y que no me va a hacer daño.

Brad se voltea y camina hacia la puerta de entrada.

—No tienes que irte —le digo y camino tras él—. Mira, lo siento. Puedes quedarte sentado allí junto a la mesa.

Se detiene con la mano puesta en el pomo. Voltea y camina dos pasos hacia mí. Inclina un poco la cabeza hacia un lado y habla:

—Debes relajarte. No voy a hacerte daño. Estoy agradecido por todo lo que has hecho por mí pero entiende que no quiero hablar de mí, solo quiero pasar el huracán en un lugar seguro.

—Okey —acepto el trato. Yo me relajo y él pasa la cosa esa que está destruyendo el parque en un lugar seguro; mi departamento.

Brad vuelve a su silla en el comedor y yo camino hasta el sofá que está en lo que llamo sala. El edificio donde vivo era un antiguo local industrial donde se ubicaba una fábrica de zapatos. Al tiempo que cerró la fábrica, los residentes del área querían que demolieran la estructura. Que les afeaba el lugar, que les depreciaba el valor de sus propiedades. Y es que este barrio se ha convertido en uno de perfil envidiado, tiene una mezcla de turistas y gente disfrutando un buen retiro después de años de trabajar. Hace unos años alguien tuvo la visión de rescatar la belleza que encerraba en su interior la estructura bajo la etiqueta que todos le habían puesto: «ESTORBO PÚBLICO». Andrés de Luna transformó el feo lugar en honor al talento de su difunta esposa, mi madre. Mi papá supo preservar el diseño industrial del edificio y nutrirlo con elementos que crearon un ambiente acogedor. El estilo abierto donde se ausentan las paredes en las áreas generales logra darte la impresión de que eres libre.

—Voy a intentar dormir un poco —dice Brad.

—Okey —respondo acomodándome en el sofá que le negué hace un rato.

Lo veo reclinar el torso sobre la mesa. Me da pena que no pueda estar cómodo pero no puedo dejar que me dañe el sofá. No tengo para comprar otro. Ahora más que nunca debo economizar. *"¿Y si le presto una almohada? No. Solo tengo dos."*

Lo veo relajarse poco a poco.

Parece mayor.

—Brad —lo llamo usando un tono bien bajito—, amigo.

No responde. Dejo escapar un suspiro. Trepo los pies en el mueble y me recuesto. Creo que ha conseguido dormirse y yo al fin puedo hacer lo que él quiere; relajarme un poco.

capítulo 7

BRAD

Sé que estoy abusando pero estas oportunidades no se dan todos los días. Llevo más de quince minutos bajo la ducha. El agua está fría, de todos modos la siento agradable; es agua, ¡bendita agua! Hace más de una semana que no me ducho. No sé cómo Abia soporta mi olor si yo mismo no puedo hacerlo. La humedad y el calor de esta isla es terrible, una mezcla atómica para las axilas de cualquiera.

Hace más de una hora que regresó la electricidad. Me parece que lograron encender el generador de emergencia. Afuera sigue oscuro, soplando el viento y la lluvia cae sin parar. Me desperté cuando encendieron las luces. Estuve media hora sentado en el único lugar que me permitió la dueña. Sé el tiempo exacto porque, junto al sofá donde se quedó dormida Abia, hay un reloj de cuerda que le brillan las manecillas y los números en la oscuridad. No pensé que este lugar fuera tan impresionante.

Cierro la ducha y me seco con la única toalla que hay colgando en el baño, cuando termino me la cuelgo de la cintura para taparme. Debería llevármela conmigo. Total, estoy seguro que ella no la querrá usar más después de enterarse que yo la usé. Me miro al espejo. *"Fuck, Brad!"* Hace días que no me paro frente a uno. No sabía que lucía tan mal. Quizás ella tenga razón. Quizás por eso no he logrado que se me acerque un alma caritativa. Veo cajones debajo del lavamanos con manijas de metal, rebusco en ellos. *"Vamos, amiga Abia, algo debes tener aquí que me sirva."*

Busco.

Sigo rebuscando.

Sonrío.

BINGO!

Sigo frente al espejo mirándome de un lado y del otro. Me costó trabajo pero creo que no quedó tan mal. Tengo que ir a la cocina, ya la secadora debe haber terminado con mi ropa. *"¡Un momento, Brad!"* Cuando estoy a punto de salir me doy cuenta que solo llevo la toalla de la cintura para abajo pero para arriba no tengo nada. Agarro el jacket y me lo pongo. *"Dam!,"* pienso. *"¡Como apesta esto!"* El abrigo es lo único que no eché a lavar, no quiero escucharle la boca a Theo si le digo que lo estropeé. Si no quiero correr el riesgo que a esta mujer le de un ataque al corazón al despertar y verme semidesnudo en su casa debo ponérmelo, aunque apeste.

Estoy saliendo del baño, todavía la veo dormida en el sofá. Me detengo un instante y analizo las posibles rutas. Es inevitable. Desde aquí tengo que pasar frente a ella para poder llegar hasta la cocina. Voy con cuidado frente al sofá, intentando no hacer ruido. ¡Ring! ¡Ring! Brinco del susto que el maldito teléfono me da.

¡Oh!

¡¡Oh!!

¡¡¡Oh!!!

¡Me pican los ojos!

¡Espera, Brad, no, no son los ojos, es la garganta! ¡No, que sí, son los ojos!

No puedo hablar.

"¡Qué ardor! La garganta, ¡ay, mi garganta! Siento que no puedo respirar. ¡Coño! Escucho el quejido de una mujer. «¡Mis ojos!», grita. Creo que es Abia, sí, esa es su voz. Ya no puedo hablar, solo toser. Logro llegar hasta la cocina pero en el camino tropiezo con algo que se cae y hace un ruido feo."

Agua.

Necesito agua.

Mucha agua me echo en la cara, los ojos, también en la boca y la garganta. Siento de regreso el aire en los pulmones y un alivio en los ojos. Ya puedo ver algo. Abia está en el piso retorcida con las manos en los ojos. Corro hasta ella, la levanto y apoyada en mí la traigo hasta el fregadero. Tengo que apretarla porque lanza patadas y manotazos como yegua.

—¡Suéltame! No tengo dinero. No me hagas daño, por favor.

Le echo agua, mucha, mucha en la cara.

—Abia, toma un poco. —Le pongo mi mano llena de agua frente a la boca pero intenta morderme. Retiro la mano, enseguida la vuelvo a llevar frente a ella—. ¡Enjuágate la garganta! —Le pido.

Se olvida de su resistencia y obedece todas las instrucciones que le doy, cuando termina se desliza de espaldas contra el gabinete dejándose caer sentada en el piso.

¡Uff!

Estoy exhausto, hago lo mismo frente a ella. Se quita las manos de la cara, me mira sin hablar. Luce algo desorientada, despeinada, tiene la piel y los ojos rojos. Todavía retorciendo un poco la expresión, habla:

—¿Brad? —alarga mi nombre cuando lo pronuncia con asombro.

Sonrió todavía con picor en la garganta. Debe estar sorprendida al verme sin barba, con el pelo recogido y sin costra en los pies y las uñas de las manos.

—Creo que —toso varias veces antes de seguir hablando— te subestimé con el *pepper spray* —le confieso—.

Sigue mirándome confundida. Continúa el silencio, dentro del apartamento y fuera. ¿Será que estamos en eso que le llaman el ojo del huracán? No pensé que un baño y quitarme la barba fuera a causar tanta impresión. ¡Vamos!, que era solo una barba. *"Asquerosa barba, Brad"*, me recuerda una voz en mi cabeza.

—Tápate —me dice Abia cuando al fin habla señalándome y yo sigo con mis ojos la dirección en que su dedo índice apunta; un poco más abajo de mi cintura.

"Damn! What a shame!"

capítulo 8

ABIA

Mientras Brad está en el baño vistiéndose con la ropa que lavó cuando yo dormía, limpio el desastre de agua que dejamos en el piso con el caos que causé. Intento morderme las ganas de reír. Siento pena y a la misma vez vergüenza ajena. Cuando escuché el ring ring del teléfono, abrí los ojos y al ver una figura extraña frente a mí, el instinto de supervivencia me gritó: «¡Aprieta el bendito botón, Abia!» En menos de lo que canta un gallo ya Brad estaba rociado con spray pimienta y... yo también.

En su intento de ayuda tuvo un imprevisto que le dejó al descubierto su parte íntima. Todavía siento el calentón en mis cachetes y el corazón: ¡Tun! ¡Tun! ¡Tun! ¡Por Dios, no sé cómo voy a superar este trauma!

Estas pasadas horas han sido indescriptibles. Escuché

en la radio que todavía le queda un rato más, no mucho, al temporal para que se vaya por completo de la isla. Y aunque el sol intenta salir, las nubes no lo dejan hacer su trabajo. Son casi las siete y media de la mañana. No me di cuenta cuando me dormí anoche. Sonrío al pensar que mi sexto sentido tenía razón, que Brad se portaría bien. Aunque estoy segurísima que él no contaba con el percance, me lo confirmaron sus ojos que parecían de múcaro y lo colorado que se le pusieron los cachetes cuando le dije que se tapara.

Escucho la puerta del baño que se abre. Estoy de espaldas en la cocina preparando un poco de café, no volteo porque me da vergüenza la sonrisa que llevo, es que no puedo esconderla. No sé por qué me río tanto. ¿Será por el spray pimienta? ¿Por lo irreal de toda la situación? ¿O por..? ¡Oh, Dios! Mejor ni lo menciono.

—Sigue lloviendo —observa.

—Acaban de decir en la radio que lloverá un rato más. —Sigo de espaldas—. Creo que para mediodía ya debería mejorar el tiempo. ¿Quieres? —Me volteo con la excusa de ofrecerle café, lo veo vestido y me dan ganas de decirle que se quite el abrigo asqueroso ese. Me contengo de la petición porque creo que el pobre hombre ya ha tenido suficientes momentos incómodos en las últimas horas.

—Gracias —dice y lo veo acomodarse en uno de los taburetes.

Deslizo la taza de cerámica sobre la encimera de concreto pulido, la dejo a mitad del camino y Brad extiende sus manos por ella. Hago lo mismo con un plato que tiene algunos pedazos de pan y una barra de mantequilla.

—Te ves... bien —me atrevo a decirle después de haberle explorado el rostro. Tiene los ojos marrón, las cejas y pestañas gruesas del mismo color, el pelo es castaño con mechones dorados, se lo ha peinado hacia atrás pero según se le va secando, comienzan a colársele algunos pelos revueltos a la cara. Ahora sí parece de treinta y un año. Tiene una que otra peca sobre la nariz debajo de la notable insolación y los labios resecos, muy resecos, tal vez de la deshidratación que debe tener.

—Vas a tener que comprar más rasuradoras —confiesa sonriendo—, no quedó una con vida.

Le digo que está bien. Me quedo un ratito más mirándolo y valido que fue necesario el sacrificio de las rasuradoras.

—Mira, tengo que trabajar, puedes quedarte hasta que la lluvia pare. Si deseas puedes ver televisión o descansar en el sofá un rato.

—¿Trabajar? —pregunta torciendo la boca en una mueca—. ¿Vas a salir con esa lluvia?

—No, no tengo que salir, en ocasiones así trabajo desde aquí.

—¿En qué trabajas?

Dudo unos segundo si decirle, si darle más información acerca de mí. ¿Ya qué más da? Este hombre pasó la noche conmigo. ¿Qué daño puede hacer decirle en qué trabajo?

—En CS —le muestro mi carnet de identificación que cuelga de mi bolso, el que había dejado sobre la encimera, y que por suerte, permanece todavía allí—. ¿La conoces? *"¿Cómo va a conocerla si este hombre no es de aquí?"* Es una compañía de servicio, soy representante de servicio al cliente.

Toma el carnet de plástico en las manos y lo observa con detenimiento.

"Uno"

Comienzo a contar los segundos.

"Dos"

Brad me mira con el ceño fruncido.

"Tres"

Ahora mira el carnet igual.

"Cuatro"

Me vuelve a mirar, esta vez no reconozco la expresión que lleva, solo sé que comienzo a sentirme inquieta.

Me sigue mirando de una manera extraña.

"Cinco"

Desliza el carnet de vuelta hasta el bolso, respiro mientras él coge un pedazo de pan y come. Cualquiera que haya sido lo que estaba pensando creo que se arrepintió justo a los cinco segundos.

Llevo un rato conectada a la red de la empresa, tenía esperanzas que el huracán interrumpiera el servicio. Como dice Tita, «En esta isla alguien se sopla un peo y nos quedamos en pelotas; sin luz, agua, cable tv o internet».

¡Qué fastidio!

El celular que me dio Torres, el supervisor, no ha sonado ni una vez, aprovecho para revisar algunos pendientes. Brad está en el sofá recostado mirando la programación especial del noticiero donde reportan todo los pormenores relacionados al huracán. No hay servicio de cable pero gracias a la habilidad de Brad, que agarró un gancho de ropa de metal y lo conectó al televisor, podemos ver los canales locales.

Suena el celular de CS. No me extraña. Mucho tardó.

Siempre hay alguien que necesita que le resuelvan algún tema con urgencia.

—CS buenos días, le habla De Luna. ¿Cómo puedo ayudarle?

Veo a Brad que me mira pero vuelve enseguida su atención al televisor. No sé si reírme o insultar a la señora que llama. Dice que no tiene servicio de cable.

—La entiendo —le digo—. Imagino que está al tanto de que tenemos un huracán pasando por la isla —le explico por no decirle que ya casi termina de rajarnos en dos.

—Sí, señorita, lo sé. Pero es que, si no tengo cable, no me sirve la televisión y si no me sirve la televisión, no puedo ver las noticias.

—Comprendo, señora.

"Cómprese un radio, por lo menos las escucha", sentí ganas de decirle.

Mientras le pido que me valide cierta información para poder localizar su cuenta, continúo mirando a Brad. Sé que está pendiente a lo que hablo porque ya no recuesta la cabeza en el cojín como lo hacía hace un rato.

—En estos momentos es un tanto complicado poder decirle con exactitud la naturaleza de la falta de servicio. Lo que puedo hacer por usted es crearle el ticket de servicio para que así, una vez se normalice el tiempo, los técnicos puedan comunicarse con usted. ¿Le parece?

—Es que no sé nada de lo que está pasando porque no tengo cable.

—No se preocupe, Doña Esther, yo con mucho gusto la pongo al día.

En pocas palabras le resumí el informe del tiempo a la

señora, luego procedí a crear el ticket de servicio. Me parece que más que servicio de cable lo que ella necesitaba era hablar con alguien. Al instante que termino la llamada veo a Brad voltearse:

—No me digas que alguicn acaba de llamar para quejarse que no tiene cable.

—Sí, señor —respondo.

Suelta una carcajada y yo…yo solo lo miro reír. Y vuelvo al teléfono, aunque quisiera quedarme mirando a Brad.

Otra llamada entra.

Amo mi trabajo.

De verdad.

He pasado medio día pegada al celular, atendiendo un cliente tras otro. En un momento dado Brad me preguntó sí tenía hambre, que si le autorizaba él podría hacer unos sándwiches. Cuando le dije que sí, se metió a la cocina y en silencio preparó el almuerzo.

—Abia —lo escucho decir.

Levanto la cabeza que tengo metida en la computadora y lo encuentro al otro lado de la mesa donde estoy en el comedor.

—Ya pasó la lluvia, me voy.

—Oh. —Me tomó por sorpresa su anuncio.

Me pongo de pie sin decir nada y lo acompaño hasta la puerta. Está ya en el pasillo frente a la escalera, lleva las manos metidas en los bolsillos. Quiero decirle que no tiene que irse tan pronto. Que puede quedarse un rato más.

—Gracias, Abia —vuelve a pronunciar mi nombre.

—¿A dónde vas? —pregunto y lo veo encoger los hombros—. *"Cierra la puerta, mujer, antes que le digas que no se vaya"*, me grita la conciencia—. Cuídate. —Le pido y obedezco a mi conciencia.

Estoy corriendo hasta mi ventana para verlo salir del edificio. Quiero saber para dónde va. Cuando lo veo, se me ocurre una idea. Corro otra vez en dirección contraria, bajo las escaleras a toda prisa y al salir del edificio grito:

—¡¡Brad!!

Se asusta al escucharme pero gira en mi dirección.

—¿Has pensado buscar trabajo? —le grito bajo la llovizna que todavía cae.

Se rasca la piel donde antes estaba su barba, sonríe.

—Creo que ahora sería buena idea.

—¿Algún interés en especial? —sigo gritándole igual que lo hace él.

Levanta las manos sobre sus hombros con las palmas abiertas hacia arriba.

—Lo que sea —enseguida voltea y sigue rumbo a donde sea que irá.

De pronto, sin saber de dónde me sale, tengo en la boca una sonrisa y en el pecho unas ganas de seguir mojándome en la lluvia.

capítulo 9

THEO

Voy en el auto y aparece un número extraño en el panel del manos libres.

—Hola —digo.

—¿Theo?

—No, ¿quién más? Ya era hora que llamaras. ¿Estás bien? —Intento esconder mi enojo. Llevo toda la noche pendiente al teléfono pero no es hasta pasado mediodía que se digna a llamar.

—Necesito un abrigo nuevo —me informa y escucho un poco de estática en la línea.

—¿Debo entender que eso es un "sí, hermanito, estoy bien"? —pregunto y sigo investigando—: ¿Qué pasó con el que te di?

—Necesito uno nuevo, que se vea decente.

—¿Por qué necesitas un abrigo decente? ¿Qué pasó con el que te di? ¿Te lo robaron? ¿Rompiste el equipo? Mira que hay que controlar gastos y por esto no te estoy cobrando ni un centavo.

—Porque lo necesito, Theo. No me lo robaron, no lo rompí. Deja el interrogatorio. ¡Haz tu trabajo!

"¿Mi trabajo?"

Respiro, debo llevarlo con calma. Me digo, *"Theo, es un favor que te pidió el viejo"*.

Con todo lo que tengo que hacer, la presión en la casa productora y todavía tengo que hacerle el favor a éste.

—¿Te vas a quitar o sigues con la locura? —pregunto para tantear los ánimos y la convicción de seguir con su "proyecto".

Ojalá y se quitara pero sé que esto es algo personal para él y de paso una lección que nos quiere dar al viejo y a mí. Yo lo que necesito es el famoso golpe, el de la suerte y no una lección de amor al prójimo. Hace unos días me di en las pelotas con unas luces que montaba en el estudio. ¡Ese es! ¡Aquí está! "El golpe de suerte." Me equivoqué. Después de diez segundos y un dolor de madre, me di cuenta que no, que solo era un golpe más pero no el de la suerte. Papá dice que en el mundo del entretenimiento el éxito comienza por ese bendito golpe y yo sigo preguntándome, ¿cuándo llegará el mío?

—Te dije que lo haré a mi manera. —Le gusta hablarme con autoridad—. Tú dedícate a lo tuyo que yo sé lo que tengo que hacer. Anota. Necesito un abrigo nuevo —vuelve a decir por quinta vez como si el bendito abrigo no me hubiese costado una fortuna.

—Okey, okey —lo interrumpo—. Tendrás el abrigo

nuevo. Estoy de camino al estudio, en cuanto llegue lo re-suelvo. ¿Te lo envío a la misma dirección?

—Sí —me confirma—. Tiene que ser uno que se pueda lavar —aclara.

—Estás pidiendo mucho, eso me tomará al menos un par de días. Además, voy a tener que pasarte factura por esto.

—Necesito también un celular, que sea un número de Miami —añade a su lista de peticiones.

—Un celular, con número de Miami y un abrigo que se pueda lavar —repito en voz alta—. ¿Algo más?

—No.

¡Ay, casi se me olvida decirle!

—Te está buscando Marion, dice que es urgente. —Le doy el mensaje tal cual le dije a su mejor amigo que lo haría.

Lo escucho resoplar antes de hablar.

—Dile que todavía lo estoy pensando. Tengo que col-gar.

Qué bien. Ahora además de "su empleado" también soy su "mensajero".

—Hoy en la noche comienzo con la edición —le infor-mo.

—Recuerda que esto lo debes trabajar tú solo. No me-tas en esto a nadie más, Theo. Que estés bien, saluda a los viejos de mi parte.

¿Bien? ¡¿Qué esté bien?! ¡ Ya veremos cómo estaré des-pués que presente el piloto del nuevo proyecto a los posibles compradores.

capítulo 10

ABIA

Hace días que no veo a Brad. Desde que se fue de mi departamento, la tarde que terminó el huracán, no ha pasado por el parque. He preguntado a varias personas si lo han visto pero todos me han dicho que no. En las mañanas miro por mi ventana antes de salir rumbo al trabajo, quisiera llevarle otro vaso de café. Cuando pienso en él se me hace como un nudo en el estómago. *"¿Estará bien? ¿A dónde habrá ido?"*

No me queda más remedio que dejarle una nota en mi banco, *nuestro* banco, con la esperanza de que la lea. Necesito verlo, necesito decirle la buena noticia.

Cuando se fue de mi departamento me quedé un rato bajo la lluvia pensando en cómo podría ayudar a Brad. Pensaba qué tipo de trabajo pudiera ser apto para él. Sin saber en qué es diestro o si tan siquiera terminó la preparatoria, me era algo difícil concebir un trabajo ideal para mi nuevo amigo.

Cuando me llegó la inspiración bajo la lluvia, subí corriendo a mi departamento, llamé a Tita y le pedí que me pasara a su esposo, David.

He estado todo el día pensando en si Brad logró ver la nota que le dejé pegada en el banco. Me va a dar mucha pena si desperdicia esta oportunidad. *"¿Y si no sabe leer, Ab?"*, me viene a la mente la preocupación. Por lo menos hoy es el día libre de Tita, así que no he tenido que aguantar sus interrogatorios acerca de Tommy. De seguro percibiría la ansiedad que se me sale hasta por los poros y no tardará en darse cuenta que no es por Tommy.

—¡De Luna! —grita Torres desde su oficina.

Me levanto y acudo a su llamado, de paso aprovecharé e iré al baño, así no me cuenta el tiempo fuera de la estación para los reportes de productividad. Solo falta media hora para terminar mi turno y desaparecer de aquí por hoy.

—Diga —hablo desde la puerta.

—Entra —me ordena.

Obedezco pero me quedo de pie porque siento que mis piernas y espalda necesitan un descanso.

—Me informan de recursos humanos que van a llevar acabo un programa de mejoras en el ambiente laboral. En la primera etapa van a hacer una especie de encuesta con los empleados. Han seleccionado un grupo, porque son demasiados y no pueden cubrirlos a todos, en ese grupo está tu nombre. Te lo digo para que, si recibes la llamada, sepas de qué se trata y además para que anotes el día, la hora y el tiempo que te tome la encuesta. Cuando la tengas, me pasas la información para asegurarme que no afecta tus reportes de productividad.

—Perfecto —respondo entusiasmada. Me parece genial la iniciativa. Como veo que Torres tiene la cara metida de vuelta en los papeles que lleva en las manos, giro para salir de la oficina.

—¡Ah!, De Luna, necesito cubras otro turno.

—¿Hoy? —pregunto y sé que llevo pena en mi cara—. ¿No puede ser mañana?

—No. Te necesito hoy, no mañana.

"¡Oh, no, hoy no!", grito en silencio. *"Hoy tengo que encontrarme con Brad, Torres."* ¿Pero qué le va a importar a mi supervisor? No hago más intento de persuadirlo. La salida fácil es decirle que no y punto, pero eso pudiera significar que Torres no piense en mí como primera opción cada vez que necesita cubrir un segundo turno. Siempre soy su primera opción y necesito seguir siéndolo.

Después de ir al baño y tomarme unos minutos más de descanso, que registro en el sistema como si todavía estuviera con Torres reunida, vuelvo a mi estación.

—De Luna, esta llamada es para ti —me anuncia uno de los operadores de la fila frente a la mía.

Le hago seña que la transfiera a mi estación. No me extraña que los clientes pidan hablar con un operador en específico, suele pasar a menudo y no les importa esperar más tiempo de lo necesario, hacen todo porque sea su representante, el que ya los conoce, quien les resuelve.

—CS buenas tardes, le habla De Luna. ¿En qué le puedo ayudar?

No recibo respuesta del otro lado de la línea. Insisto en el saludo y sé que hay alguien escuchando pero no habla y yo le cuelgo la llamada.

El turno de la noche es dos horas más corto que el de la mañana. Hoy mi día laboral empezó a las ocho de la mañana y ¡gracias a Dios! está a punto de acabar, faltan solo diez minutos para las once de la noche. La última hora la paso de pie, ya no sé cómo acomodarme en la silla.

A la salida vamos casi en una carrera inadvertida. Todos estamos locos por largarnos de aquí, algunos porque detestan el trabajo, otros porque otro turno, en otro lugar los espera y también otros como yo, que llevamos quince horas trabajando de corrido.

Es la primera vez en los años que llevo trabajando aquí que tengo que caminar sola de noche el trayecto de regreso a mi departamento. Claro, es la primera vez, desde que Tommy se fue que me toca doblar turno. Me cruzo el bolso hacia el frente, lo abro y encierro en mi mano el pote de spray pimienta. En caso que tenga que usarlo, debo recordar correr del lado opuesto.

Voy caminando por la primera cuadra y hoy no me gusta cómo se ven las luces del alumbrado público. Hoy se ven más oscuras que antes. La calle se queda de repente vacía, sin embargo, mis pasos no son los únicos que escucho.

—Abia.

—¡Aléjate! —grito y empuño el pote de spray.

—¡Soy yo, Brad!

Lo veo dar varios pasos agigantados en retroceso.

—¡Por Dios! Me vas a matar de un susto —le reclamo pero a la misma vez siento una mezcla de alegría y alivio al verlo—. ¿Qué haces aquí?

—Te esperé en el parque como decía tu nota.

¡Uf! Por lo menos valido que sí sabe leer.

—Lo siento, es que tuve que doblar el turno a última hora.

—No quise asustarte.

—No te preocupes —le digo por no decirle que asustada estaba ante la idea de tener que caminar sola hasta mi casa—. ¿Dónde has estado? —Noto que lleva un abrigo nuevo, uno limpio, decente.

—Por ahí —responde con la mirada al piso.

—¿Te cortaste el pelo? —Le queda… mmm, ¿cómo le queda? Creo que muy bien.

—¿Qué es lo que tienes que decirme? —pregunta y yo entiendo con exactitud que no quiere hablar de él ni de su pelo.

"¡Abia, la noticia, Abia! ¡Dile la noticia!"

—Mañana tienes una entrevista de trabajo —anuncio sonriendo.

—¿Qué?

Mientras caminamos hacia mi departamento, voy contándole a Brad cómo le conseguí la entrevista. Resulta que el esposo de mi amiga, Tita, es el gerente de Starbucks, el que queda a seis cuadras del lado izquierdo del parque. Cuando estaba pensando en qué podría hacer Brad para ganarse la vida, me vino la idea de lo bien que habla español y que su primer idioma es el inglés, que tiene una voz sosegada, también ahora que se había quitado la barba lucía una apariencia agradable, aunque creo que con el nuevo corte de pelo luce todavía mejor. Como en el vecindario abundan muchos extranjeros y turistas, pensé que tiene el perfil perfecto para trabajar allí. No tuve que rogarle a David, claro, no le dije que mi amigo Brad era un vagabundo, sino que tenía un amigo que necesitaba trabajo y que era bilingüe. Dijo que tuve suerte que precisamente tenían dos plazas vacantes por el incremento de clientes en la época navideña.

Brad no hizo preguntas en toda la caminata, se limitó a escuchar mi relato. Al llegar frente a mi edificio, hubo un silencio incómodo. Él me miraba de una manera extraña. No era con coraje, no era alegría. Le digo que me espere un momento en lo que busco algo en el departamento. A mi regreso le entrego un bolso plástico y busco en mi cartera el papelito que había escrito con todo los detalles de la entrevista: lugar, hora, fecha y persona contacto.

—En la bolsa tienes una muda de ropa y zapatos, que son del tamaño diez, espero que te sirvan. Aquí —agito el papel en mi mano— tienes todo por si se te olvida algún detalle.

Con cautela remueve el papel de entre mis dedos.

—Gracias —dice y se voltea.

Lo veo cruzar la calle rumbo al banco en el parque. Me siento un poco desilusionada con su reacción. Esperaba tal vez un poco más de entusiasmo de su parte.

Me voy corriendo tras él y cuando lo alcanzo:

—No creo que te vaya bien ir a la entrevista con ojeras. Si quieres puedes pasar la noche en mi sofá, así puedes ducharte y estar presentable para mañana.

Recibo un no rotundo a mi ofrecimiento, entonces me digo: *"Abia, creo que es momento de poner un alto, ya has hecho demasiado".*

Estoy a punto de irme a la cama cuando oigo el timbre

de la entrada del edificio. Lo dejo pasar y espero con la puerta abierta. Al verme no dice nada, solo lleva la mirada esquiva.

—Muero por tirarme en la cama —le digo—. Ya sabes dónde están las cosas aquí. Puedes tomar lo que gustes de la nevera. Que descanses.

Brad se sienta en el sofá y pone junto a sus pies el bolso que le entregué. Cierro la puerta y cuando voy rumbo a la cama lo escucho.

—Abia.

Le quito el seguro a la puerta de mi cuarto y la abro.

—Sí —respondo desde allí.

—¿Qué harías si tuvieras de repente más de un millón de dólares?

"*¡Oh! Creo que no me gusta cómo ha empezado esta conversación.*" De todos modos le respondo:

—Pagaría una deuda pendiente.

—¿De cuánto es la deuda?

—Tú no quieres saber —pero como se me queda mirando entiendo que sí, sí quiere saber—. Trescientos sesenta mil.

—¿Y qué harías con el resto?

—No lo sé, creo que lo regalaría, no necesito tanto dinero para vivir.

Me parece que acabo de ver una sonrisa, breve pero linda.

—Que descanses —me dice y se voltea.

Cierro la puerta y lo escucho llamarme otra vez. ¡Qué fastidio, con el sueño que tengo! Enseguida que me asomo habla:

    —Relájate, no pienso robar un banco —y guiña un ojo.

capítulo 11

BRAD

Esta mañana me fui antes de que Abia se levantara. Estuve caminando por algunas calles pensando y pensando. Por más que intento evitarla algo me atrae hacia ella. Demasiadas casualidades. Es como si me dijera, «aquí la tienes, esta es la oportunidad que buscas para dar la lección que tanto deseas».

Cuando anoche me ofreció su respuesta a la pregunta del millón la sentí sincera. No hubo temblor en su voz. Aunque confieso que hay cosas en ella que no logro entender, cosas que me causan confusión. Trabaja en un lugar cobrando el mínimo, vive en un departamento que, con el salario que gana, creo que se retiraría y no llegará a saldar la hipoteca jamás. En la casa el mobiliario es sencillo, en la alacena hay lo justo, creo que hasta un poco menos. No sé si tiene familia, la noche del huracán nadie la llamó para saber cómo estaba, si estaba segura.

¿Y si no es quien busco?

Algo me dice que ella es la persona que necesito, aunque no estoy seguro si para el proyecto que llevo.

Estoy en el banco del parque esperando por Abia. Hoy sale a las cinco. Se acerca un grupo de personas caminando, en medio de ellos alcanzo a verla y noto que cuando me ve acelera el paso.

Se sienta a mi lado y chocan sus piernas con las mías cuando lo hace. Siento algo en el pecho y la voz en mi cabeza se activa. *"No creo que sea buen indicio, Brad."*

—Cuéntame. ¿Cómo te fue?

Le brillan los ojos de entusiasmo, deseosa por saber cada detalle. Decido hacerle una broma, me gusta ver cómo le cambia el rostro de enojo a risa. Bajo mi cabeza y no le respondo, llevo las manos cruzadas frente a mí.

—¿Fuiste? ¿Cómo te fue la entrevista? —El entusiasmo se le va pasmando porque sigo sin responder.

—No me digas; ¿fue un desastre? Peor aún, ¿no fuiste?

—Estuve pensando en ello toda la tarde —le digo.

—¿La tarde? Entonces, ¿no fuiste?

No le respondo.

—¿En qué pensabas, Brad? No me dejes así. Dime ¿fuiste o no?

—Pensaba en qué explicación vas a darme cuando te pregunte ¿por qué David no paraba de mirar la ropa que llevo puesta.

—¡Oh! —Se tapa la boca con una mano—. Entonces, ¡eso quiere decir que sí fuiste!

—Dime, Abia, ¿por qué, tu amigo no me quitaba los

ojos de encima?

—¿Te dijeron cómo te fue? ¿Cuándo te dicen si sí o no?

—Ya decidieron —le informo—. Mañana empiezan los *trainings* para los elegidos.

Deja escapar un «¡Oh!» y baja la cabeza. Creo que está dando resultado la broma.

—Conozco otras personas. ¿Sabes? Hoy mismo puedo hacer varias llamadas y...

—¿Crees que se darían cuenta si uso la misma ropa mañana?

Se rasca la cabeza y el pelo se le queda despeinado. No me molestaría acomodárselo pero...

—No sé si te pueda conseguir otra entrevista tan pronto como mañana pero no creo que se den cuenta si usas la misma —rueda los ojos—, es otra gente y será otro día.

—Para el training, me refiero. Me van a ver dos días seguidos con la misma ropa.

—¿En Starbucks?

—*Yeap!*

—¿Te dieron el trabajo?

—*Yeap!*

—Pero ¿por qué no me dijiste? —Me da un cantazo con la cartera—. ¡¿Por qué me tienes sufriendo?!

—Todavía me debes una respuesta, Abia. No creas que me estoy comiendo el cuento de tu inocencia.

—¿De?

—¿Por qué, tu amigo no me quitaba los ojos de encima? ¿Estás segura que no es "raro"?

Suelta varias carcajadas y ahí está, su sonrisa, y el momento que llevo grabado desde varios días en la cabeza desde que la vi sonreír por primera vez.

—No, David no es raro. Ya te dije que es el esposo de mi amiga y compañera de trabajo, Tita.

Resoplo.

—No lo sé. —Le pongo toda la duda que puedo al hablar.

—¿No sabes qué?

—Si ir mañana…

—¡¿Qué?! —Gira el cuerpo y queda casi de frente a mí—. ¡Esta es tu oportunidad! —me dice con tanta seguridad, como si de verdad supiera que lo es.

"Todavía no, amiga Abia, todavía quiero verte sufrir unos minutos más."

—Insisto que el tipo me parece raro. Me miraba ¡ah! No sé ni cómo describir la forma en que lo hacía. Como si me quisiera quitar la ropa.

Explaya una sonrisa de oreja a oreja y encoje los hombros al hablar:

—Tal vez sea porque *su* ropa se ve mejor en ti…

Hasta que confesó el pecado mi amiga Abia. Ya sabía yo que algo raro había en David. ¡Claro! ¿Cómo no? Pero ¿cómo se le ocurre? Cualquiera estaría confundido al ver al hombre que entrevista con su ropa. Esta mujer no para de sorprenderme con sus ocurrencias. No tan solo ocupa al esposo de su amiga para que entreviste a un vagabundo, sino que encima me manda vestido con la ropa de él.

Abia se levanta y me pide que vaya con ella, que tenemos que ir de compras dice. Le digo que no puedo, que no tengo dinero. Ella insiste que es un préstamo que me hará. Que se lo pague de mi primer cheque o sino le pedirá prestada a Tita otra muda de ropa de David. Acepto solo porque no podré soportar mañana el día con el nuevo jefe mirándome como lo hacía hoy y además, sigo pensando que la ropa que usa el tipo sí es algo rara.

capítulo 12

ABIA

Esta mañana tomamos el café juntos antes de irnos a trabajar. Me alegré muchísimo cuando supe que había logrado el trabajo. Espero que lo haga bien, que no vaya a embarrarla porque tendré que escucharle la boca a Tita una y otra vez. Ella siempre dice que no le gusta pedir favores a las amistades porque tarde o temprano alguien la caga y luego es uno quien se queda limpiando el mierdero. Anoche esperé a que estuviéramos cerca de mi departamento para hacerle la oferta. Cuando regresamos del shopping le dije que podía quedarse a dormir otra noche más. Es que se le nota en la cara que el sofá es más cómodo que el banco del parque o cualquier otro sitio en la calle. Ya no siento miedo cuando estoy sola en mi casa con él. En realidad no sé si alguna vez llegué a sentirme con temor, aunque sí inquieta. Varias veces insistí. Desde el principio supe que Brad quería aceptar pero no se atrevía. Le propuse que fuera mi *roommate* temporero, solo por dos meses. Creo que es tiempo suficiente para que ahorre un poco de dinero y pueda alquilarse un lugar para él.

En el trabajo llego directo al baño, el café y las tostadas parecen que no me han sentado bien y es cuando recuerdo que tengo una situación pendiente. Es algo extraño, no siento nada dentro de mí, ni afuera tampoco. Para ser sincera el malestar que tengo es el primero que siento desde que me enteré que esperaba. Si aquella prueba no me lo hubiese confirmado, creería que fue un sueño. He usado la excusa de Brad para intentar olvidarme de mi asunto pendiente. Tommy no ha vuelto a llamar en estos días. Tampoco ha enviado un email. No es que esté esperando con ansias un mensaje suyo pero acepto que sí he revisado con mayor frecuencia el *inbox*.

Todavía estoy en el baño, después de asegurarme que no hay nadie en los cubículos saco el celular y no postergo más lo impostergable. Llamo al ginecólogo para hacer una cita.

Mientras estoy guardando el teléfono de vuelta al bolso noto que mi carnet de identificación de CS se siente extraño, está como gordito. Lo agarro y cuando lo estoy examinando veo que en la parte de atrás, entre el plástico que lo protege y la tarjeta hay un papel doblado.

Lo saco.

Desdoblo.

Leo.

«Sí, tengo familia. No tengo hijos. Nada de relaciones amorosas. No uso drogas, nunca lo he hecho. No tengo HIV. Nunca le he hecho daño a nadie, al menos no intencionalmente y creo que solo he robado este papel de tu libreta, la que está junto al sofá en la mesa para poder escribirte. Espero que el robo del papel no me convierta en un criminal.»

Tengo la boca seca. Según voy leyendo escucho su voz en mis oídos.

«No soy bueno hablando en persona, Abia, pero gracias por lo que haces por ayudarme, espero algún día poder pagarte de vuelta.»

Brad.

Se me fue el aliento y pienso que por lo menos ahora sé que sí sabe escribir. Alguien entra y yo guardo de prisa la nota otra vez de donde la saqué.

Al salir del baño Tita me recibe desde su estación con la incredulidad adornándole la cara.

—Más vale que me digas quién es el tipo que le mandaste a David vestidito con su ropa. Me dijiste que la ropa era para un primo tuyo y unas fotos que se haría.

—Brad es —*"¿Qué es Brad?"* —mi primo.

—¿Y las fotos? ¡Solo a ti se te ocurre semejante cosa, Abia!

—Dale las gracias a David.

Me pega un papelito de mala gana encima del poco espacio que tengo como escritorio.

—Dáselas tú y de paso le vendes tu explicación y le dices que yo no tuve que ver nada en eso. Que soy tu víctima.

—No es para tanto, Tita.

—Tuve que escucharle la boca toda la noche. Pregunta y pregunta y pregunta.

—Ay, míralo por el lado bueno, ayudaste a alguien que necesitaba. Valió la pena, ¿o no?, —un aplauso silencioso— consiguió el trabajo.

—¡Bah! Creo que aunque hubiese ido vestido de pordiosero David lo contrataría. Tampoco dejó de hablar de la buena impresión que le causó "tu primo".

—¿En serio? —Sonrío y enseguida que veo como me mira Tita, dejo de hacerlo.

Aprovecho que veo a Torres pasarme por el lado y voy tras él. Viene del otro lado del salón, acaba de salir de la puerta que dirige a las oficinas de la administración.

—¿Tiene un minuto? —pregunto.

—Que sea rápido —espeta.

¿Rápido? Rápido va caminando él.

—Cierra la puerta —me ordena en un tono cortante, todavía, más de lo que acostumbra.

Aunque su advertencia en cuanto al tiempo que tiene disponible fue muy clara, no digo nada. Me quedo observándolo, respira entrecortado, los anteojos se le deslizan poco a poco sobre el sudor que le chorrea por todo el rostro.

—¿Está bien? —le pregunto.

—¿Por qué trabajas aquí, De Luna? —cuestiona mientras gira su silla en mi dirección.

—Porque me gusta —no tardo en responder.

—¿Y?

—Porque necesito trabajar.

Se inclina un poco hacia el frente.

—¿Y, qué más? Vamos, quiero la verdad.

"¿Pero es que acaso piensa que le estoy mintiendo?"

—Porque es el primer lugar que conseguí trabajo.

—¿Eso? ¿Nada más?

Pero ¿de dónde le viene el guille de fiscal a éste?

Miro por el cristal de la oficina hacia el gran salón donde están las estaciones. Veo a Tita que está pendiente de lo que pasa aquí. Incluso veo a todos los demás operadores al teléfono, algunos también pendientes de lo que sucede en esta oficina, otros solo trabajando, entonces, respondo:

—Creo que todos los que estamos aquí lo hacemos porque lo necesitamos. Yo en específico porque necesito trabajar, es el primer lugar donde conseguí trabajo y resultó ser que me gusta lo que hago. Tuve suerte.

—Siempre había querido hacerte esa pregunta. Si yo tuviera los estudios que dice en tu expediente que tienes, no sé si estaría aquí.

Encojo los hombros porque Torres no es precisamente la persona con quien quiero volver a analizar la historia de mis estudios y decisiones personales. *"¿Cuándo entramos en esta conversación?"*, me pregunto. ¡Ah! Ya recuerdo cuando le pregunté si estaba bien. *"Anota, Abia, no volver a preguntarle a Torres cómo está."*

—Muchos están aquí porque es la única opción que tienen. —Cierra los ojos—. Me incluyo —añade y se queda pensativo.

Carraspeo.

Él reacciona.

—¿Qué me querías decir, De Luna?

"¿Se lo digo o no?", mi batalla mental.

—Quería infórmale que, comenzando esta semana y durante los próximos meses, necesitará algunas horas libres por cuestiones médicas. Me gustaría tener la oportunidad de no perder esas horas, sino poder reponerlas en las noches, las necesito.

Me mira a la cara, estruja el ceño, ahora me mira la barriga. ¡Carajo! Me quito la mano de la panza en el instante que me doy cuenta. Torres sigue con el ceño arrugado. Vuelve a mirarme a los ojos y comienza a hablar:

—Van a vender el Centro.

—¿Cuál?

—¿Cuál más, De Luna? Éste. El único que nos debería importar.

Solo se me ocurre bombardear al hombre con cada pregunta que se va formando en mi mente. Así, igualito como las pienso se las dejo caer.

—¿A vender?

—Sí.

—Pero, ¿por qué?

—No lo sé.

—¿Cuándo?

—Creo que ya están en el proceso.

—¿Quién lo va a comprar?

—¿Qué importa?

—¿Nos vamos a quedar sin trabajo?

—A saber.

—Mierda…

—Sí, mierda, De Luna, mierda.

No es hasta que lo escucho repetir "mierda" que me doy cuenta que lo dije en voz alta.

—Lo siento, Torres, no debí decir esa palabra. —Me rasco la nuca.

—¡Bah! ¿Cuánto tiempo tienes?

Ahora dejo de respirar.

—¿Qué? —Me hago la desentendida a ver si el papelito me funciona.

—Que ¿cuánto tiempo tienes? —Señala mi panza que no se nota nada y además llevo una camiseta ancha.

—Tres meses y un poco más... creo. ¿Cómo lo sabe?

Ya hacerme la idiota desconocida no hace sentido. Además, para qué escondérselo si él acaba de compartirme algo de mayor envergadura.

—Se te nota en la cara.

"¿Mi cara? ¿Qué tiene mi cara? ¿No se supone que esto se note en la barriga y no en la cara?"

—No hay problema con el tiempo que necesites. Eso sí, tendrás que reponerlo a conveniencia de la necesidad del Centro. No te puedo garantizar que sea en horas contiguas a tus turnos regulares.

Le digo que está bien y sonrío solo un poco porque no puedo negar que me siento agradecida por su condescendencia. Comienzo a salir del lugar, hace unos minutos que ya sentía la necesidad de irme de su oficina.

—¡De Luna!

Me detengo de un golpe y respiro profundo.

—Sí, ya sé, me guardo esto para mí. Ni una palabra a nadie.

Cuando lo oigo decir gracias entiendo la gravedad del asunto, el tamaño de su preocupación, la que lo tiene respirando como si acabara de correr una maratón.

De vuelta en mi estación, mientras le explico a la señora Ortiz a través del teléfono la importancia de tener un contrato de servicio para sus enseres electrodomésticos no puedo dejar de mirar la puerta del fondo, la que conduce a la administración, de donde salió hecho un desmadre Torres.

—¿Qué haría si se le daña la nevera o la estufa, señora Ortiz?

—Pues, mija, no lo sé. Yo vivo sola y mis hijos viven allá afuera.

—Es su plan de *back up*, es su plan B. Si se le dañan en veinticuatro horas irá un técnico a revisarlo y, en caso que no tenga arreglo, se lo reemplazamos. Así de sencillo.

Entonces me pongo a pensar que yo no tengo un plan B, no tengo un plan en caso de que me quede sin trabajo. Apenas tengo unos ahorros. ¿Y los demás? Modesta, la mujer que se sienta en la estación frente a la mía tiene cuatro hijos adolescentes y es divorciada, el marido no le pasa ni un peso de pensión. ¿Qué va hacer de ella? Gustavo, el que se sienta a su lado, está estudiando para convertirse en dentista, este trabajo es lo que le da para comer y pagar el pequeño apartamento cerca de la universidad. Así podría estar todo el día contándoles la historia de cada uno de los representantes.

La señora Ortiz entendió la importancia de tener un plan B y yo anoté una venta más en el objetivo del día. En estos momentos tengo unas ganas inmensas de recibir una llamada de un representante de ventas vendiéndome un plan B, pero como sé que eso no va a pasar, no paro de pensar que debe haber algo que podamos hacer.

capítulo 13

BRAD

Me sudan las manos y por quinta vez me las seco frotándolas en el pantalón. Cuando salí hace un rato de mi "primer" día de trabajo caminé más rápido que nunca para llegar al parque. Quería estar antes que ella. Llevo ya un rato, son poco más de las cinco y media de la tarde, la gente comienza a ejercitarse. El sol ya va bajando su intensidad, como ya es diciembre oscurece más temprano. Algunas caras de los que caminan de regreso se me van haciendo conocidas. Aunque no me conocen, hoy que estoy con ropa limpia y sin barba, me regalan un breve saludo con las miradas.

Veo a Abia que camina entre la gente, no lo hace sola, lleva un paso pesado y lento. Echo de menos ese resplandor que la acompaña siempre. Va mirando hacia el piso y cuando levanta la mirada, se encuentra con la mía. Sonríe un saludo que le cuesta sostener. No pierdo tiempo, voy por ella.

—Hola —le digo y siento el impulso de echarle el brazo para servirle de soporte pero no lo hago. *"Cuidado, Brad."*

—¿Cómo fue tu día? —me pregunta.

—Súper —respondo intentado inyectarle un poco de ánimo. No me importa mi día, me importa ella—. ¿Te sientes bien?

—No mucho —se lleva la mano a la cabeza—, pero creo que con unas horas de sueño se me alivia.

Caminamos juntos hasta el departamento, cuando entramos ella deja el bolso abandonado sobre la mesa del comedor y va con lentitud directo al cuarto.

Llevo unos minutos aquí parado en el medio de la sala, no sé si sentarme, no sé si ir hasta ella, no sé si hacer algo de cenar o preguntarle si necesita algo. No sé qué carajos hacer.

—Brad —la oigo llamarme. Enseguida caigo en la puerta del cuarto que está abierta.

Habla cuando me ve.

—Cuéntame cómo te fue en tu primer día.

Está tirada en la cama con todo y zapatos puestos, abraza una almohada y en otra descansa su cabeza.

—Estás cansada, hablamos después o mañana.

—No, quiero saber ahora. —Da tres palmadas sobre el colchón—. Ven, siéntate y cuéntame.

No quiero incomodarla con mis cuentos pero al parecer de lo único que tiene deseos es de saber cómo me fue y yo ¿de complacerla? Le cuento que fue un día bastante aburrido, lo mío no es la teoría, es la acción por lo que las sesiones de adiestramientos se me hacen pesadas. Sonríe cuando le digo que bostecé veinte veces en un periodo de diez minutos y una pequeña carcajada se escucha cuando le digo el mensaje que le envió David, «la próxima vez me la pides a mí». Ambos sabemos a qué se refiere.

Los párpados le van pesando y ya no responde mis comentarios con esos sonidos característicos de ella, los que llevo todo el día como un disco rallado en mi mente: Mmm, ¡ah!, entiendo, ¡oh! Le miro los pies, de pronto me gustaría quitarle los zapatos pero ella se me adelanta. Es como si me leyera la mente o la mirada. Con un pie se quita un zapato y luego con el otro el que le queda puesto. En unos minutos me levanto con cautela porque creo que se ha dormido, sin embargo, no hago más que despegar una nalga del colchón y la oigo.

—Brad —me llama y parece esperar mi respuesta. Cuando le respondo no continua hablándome sino que comienza a buscar algo en un bolsillo del pantalón y luego extiende su mano hacia mí—. Sí —comienza a decir—, vivo sola en este lugar. Mis vecinos nunca me visitan —estruja la mirada—, creo que practican sexo en grupo, por eso nunca los he invitado —sonríe y yo también—. Jamás me había atrevido a usar el spray pimienta, fuiste el primero. Le tengo terror a las cucarachas, en especial a las que vuelan —hace una pausa que le absorbe la sonrisa—. Tommy, quien se fue y me dejó, no era mi novio, es mi mejor amigo. Y respecto a lo que tengo en la barriga, nunca dudé qué iba hacer con él.

Me quedo mirando la llave que tengo en mi mano, la que Abia acaba de darme acompañada de sus respuestas, las que no esperaba recibir pero deseaba tanto tener. Cuando regreso la vista a ella tiene los ojos cerrados y el semblante relajado. Cambio la vista y salgo del cuarto porque se me está haciendo difícil respirar aquí.

***

Apenas pude anoche dormir pensando en lo que estoy haciendo. Todavía tengo la llave en mis manos. Cuando me surgió la idea de hacer esto tenía muy claro cuál era el objetivo; buscar alguien que lo mereciera de verdad. Cada segundo que paso junto a ella me cuestiono si es esto en realidad lo que quiero hacer, demostrarle al mundo que todavía existen corazones nobles, gente que sin esperar nada a cambio están dispuestos a darlo todo por ayudar. No tengo duda que sí existen. Lo valido cada vez que pienso en cómo por más que traté de espantar a Abia con mis groserías en el parque los primeros días, ella seguía viniendo a mí. Ahora no quiero alejarme, no quiero alejarla. Sé que el momento de decirle la verdad va a llegar y pensar en ello me revuelca el estómago.

Por los últimos siete años he vivido en el mundo, he conocido la necesidad a plenitud. Mi hermano dice que soy un malagradecido, que la suerte que tuve cuando invertí mi parte del dinero que nos heredó en vida papá, la quisieran tener muchos. Yo solo vi la oportunidad de invertir en algo que me parecía innovador y puse mis apuestas en ello. Decir que me ha ido bien sería una mentira, decir que me ha ido mal, también. No lo sé. Nunca he estado al mando del negocio, no me interesa. Lo que sí sé es que las ganancias me dan para hacer lo que me hace feliz. Al final eso es lo que me voy a llevar a la tumba. ¿O no?

Al pedirle a mi hermano Theo que me ayudara se me quedó mirando como si yo acabara de salir de un hospital siquiátrico.

—¿Y entonces vas a hacerte pasar por un vagabundo en búsqueda de un alma caritativa que merezca que le des las ganancias de la venta de tu empresa?

—Sencillo, ¿verdad? —respondí.

Papá estaba en la estancia sentado en el sofá junto a mí, hacía meses que no los veía. Regresé a la casa directo de África donde estuve un tiempo.

—¿Y por qué quieres grabar todo esa locura, perdón, aventura? —continuaba Theo con su interrogatorio.

—Se me ocurre que podríamos vender el vídeo o ponerlo en YouTube y donar las ganancias a una entidad sin fines de lucro que se dedique a ayudar a la gente sin hogar.

Mi hermano miró a papá, explayó los ojos y luego me volvió a mirar. Se abalanzó encima de mí y empezó a rebuscarme los brazos y la cabeza.

—¿Qué haces? ¡Déjame, maricón! —protesto y lo empujo.

—Deja a tu hermano, Theo —ordena papá.

—Es que un bicho raro tiene que haberlo picado por uno de esos lugares que ha vivido. ¿Quién carajo se le ocurre una cosa como ésa? Si no quieres tu dinero, puedes donarlo a la "Fundación Theo" pro fondos pago de pensión de tu sobrina Candence.

—¿Me vas a ayudar o no?

—Por eso traes el pelo y la barba así de —hace un gesto de repulsión— asquerosa.

—Digamos que estoy entrando en personaje —respondí con una giñada.

—¿No se te hace más sencillo la idea de buscar en Fondos Unidos o en el directorio telefónico el nombre de una entidad y hacerle un cheque, lo pones en el correo y ¡listo!?

—No es lo mismo, Theo.

—A que sí —ripostó.

Me tomé unos minutos pensando en cómo plantearle

toda esta situación a mi hermano de una manera que pudiera entenderla, solo le llevo dos años de edad y a veces pareciera que es toda una generación la que nos separa. Somos tan diferentes. Él heredó el talento para el arte, por eso siguió los pasos de papá en la casa productora, yo… pues mi madre dice que me parezco a ella. Yo no lo sé.

—¿Qué ha pasado con la audiencia de los últimos programas de papá?

Se me ocurre hablar un lenguaje común para ellos.

—¡Oh, cuidado, tema delicado! —advierte Theo pero papá responde.

—Se han ido al piso. A la gente ya no los atraen como antes los *realities* de historias de la vida, solo ven los de música —dice con nostalgia.

Entiendo a mi viejo, unos años atrás fue el artífice de eso que revolucionó la televisión; programación "sin editar", solo mostrando la "realidad".

—¿Y has pensado por qué? —continúo hablándole a papá.

Se arregla los lentes de montura gruesa.

—Porque no creen que son verdad.

—Creen que todo es un montaje —añade Theo—, ya no se les puede coger de bobos.

—¿Y lo es o no, un montaje? —sigo guiándolos.

Theo se rasca el lóbulo de la oreja izquierda, heredó también ese gesto de papá.

—Digamos que las cosas pasan pero la producción debe ordenarlas y adornarlas un poco para que sean atractivas a la audiencia —responde Theo.

—Déjate de mierdas, Theo —dice papá y añade—: Sí,

hijo, todo es un libreto. En la televisión no puedes dejar nada a la sorpresa porque no sabes por dónde te va a salir el tiro. Un *reality* es igual que cuando produces una serie o telenovela, cada capítulo tiene que dejar a la audiencia con ganas de más. Esto es un negocio, así es que se hace dinero, en esos programas, los que la gente se muere por ver la siguiente semana, es donde los anunciantes apuestan. Sin anunciantes, no hay dinero, sin dinero no hay show.

—¿Ven por qué no puedo publicar una página completa en el periódico que anuncie que voy a darle dinero al buen samaritano que vea un vagabundo en la calle y lo ayude? —No los dejo responder—. La gente no va a actuar con sinceridad porque van a estar motivados por la recompensa.

—A ti no te picó algo. ¿Estuviste masticando coca en Perú? ¿Te metiste la liana de los sueños en la Selva Amazónica? He visto esos documentales de *National Geographic* donde…

—No, no me metí ninguna mierda de esas.

—¡Suficiente, Theo! Deja hablar a tu hermano.

Theo se para del sofá, camina hasta el bar que tiene papá en su casa, abre tres cervezas y regresa con una para cada uno. Ya se dio por vencido. Sabe que cuando papá lo manda a callar, es porque ha perdido la oportunidad de convencerlo de cualquier idea contraria a la que ya tiene en mente.

—Tu hermano te va a ayudar —me dice.

—¿Lo haré? —Papá le lanza una mirada fulminante a Theo—. Sí, creo que lo tendré que hacer.

Nos quedamos en la sala un rato más discutiendo acerca de las consideraciones "legales" que dijo papá no debía dejar fuera.

***

Abia acaba de salir del baño vestida con un traje suelto color azul. Tiene el pelo húmedo y está descalza. Tiene el semblante mucho mejor, de todos modos le pregunto desde la cocina cómo se siente.

—Uf, mucho mejor.

—Hice huevos revueltos y tostadas —le anuncio. Ya sé cómo le gustan, doradas y solo mantequilla.

La veo cambiar el rumbo y dirigirse hacia la cocina, hacia mí. Le suelto una sonrisa.

—Mmm, eso huele bien.

Se sienta en un taburete mientras yo me quedo de pie sirviéndole. No pierde tiempo en dar un bocado y hablar con la boca llena.

—¿Crees que se abra alguna plaza en tu trabajo?

—No lo sé. ¿Por qué?

—Ayer me enteré que van a vender el Centro donde trabajo. Necesito tener un plan B… por si acaso.

Se me quitan las ganas de comer.

—¿Están seguros o es un rumor?

—Me lo dijo Torres, mi supervisor. La verdad que lo vi bastante preocupado el pobre.

—Que lo vendan no significa que quien lo compre lo vaya a cerrar.

—Sí, pero tampoco significa que quien lo compre lo vaya a dejar operando. ¿Sabes, Brad? Somos muchos los que allí laburamos y que de verdad necesitamos el trabajo. Es lo único que saben hacer algunos para ganarse el sustento. He leído que muchas empresas están llevándose sus centros de atención al cliente a otros países. ¿Quién dice que no se llevarán nuestro Centro también?

—No hay mucho que puedan hacer. Usualmente cuando los rumores de algo así se empiezan a oír, es porque ya está todo planchado del otro lado.

Pone los ojos más pequeños y no deja de mirarme mientras le da un sorbo al café.

—Cuéntame, Brad, ¿qué sabes tú de esto de vender empresas y esas cosas?

—No mucho —respondo y enseguida tomo un plato y me muevo al fregadero porque no quiero que me siga mirando de la manera que lo hace.

—Tal vez, sí podemos hacer algo. —La veo apretar con ambas manos la taza de café, me mira y entrecierra los ojos—. Tiene que haber algo que podamos hacer —dice con convicción y algo extraño se mueve dentro de mi pecho.

capítulo 14

ABIA

Veo a Torres sonreír pero se me hace algo complicado saber si es una sonrisa de «¡Estás loca, De Luna! o ¡Maravillosa idea!»

—¿Una cooperativa? —pregunta después de haber tirado la puerta de su oficina.

—Sí.

—Pero ¿de dónde sacaremos el dinero?

—De los empleados. Primero hay que averiguar cuánto están pidiendo por el Centro.

Está con las manos recostadas sobre su escritorio pero todavía de pie. Creo que la propuesta ha captado su atención. De lo que sí estoy segura es que las gotas de gel que le escurren por la nuca y humedecen su camisa sí han captado mi atención. Esas son las cosas que le dan paso a Tita para ponerle sobrenombres. A Torres no parece importarle mucho cómo luce. Miro al escritorio porque es imperativo que busque otro punto de enfoque si quiero seguir aquí hablando con él.

—Y supongamos que conseguimos el dinero, ¿crees que al dueño le va a interesar vendérnoslo?

—No lo sé, hay que averiguarlo. ¿Cómo se llama el dueño? —pregunto porque estuve buscando en el internet pero solo aparece el nombre de la corporación y no de ese bendito ser humano.

—Ni idea, pero podemos buscar en el internet.

—Ya lo hice, no conseguí nada. —Sigo pensando en otras opciones—. ¿Y si le preguntamos a la alta gerencia?

—No creo que sea buena idea, los pondría en alerta antes que tengamos algo concreto. Claro, si es que esto arrancara —advierte—. Yo puedo hablar con un amigo que trabaja en el Departamento de Estado, en la oficina donde registran las corporaciones, me debe un favor, a ver si consigo que me lo pague.

Con esa respuesta creo que Torres ha tomado en serio mi propuesta. Está dicho, juntaremos a un grupo de empleados, formaremos una cooperativa y compraremos el Centro.

"¿Y después?", oigo una voz que se me cuela en la cabeza.

Ah, después ya veremos.

De vuelta a mi estación estoy sintiendo una mezcla de energías y entusiasmo en el pecho, pero como nada es perfecto en esta vida, Tita ataca.

—¿Qué es lo que le pasa al cerdo contigo?

—No lo llames así —protesto porque de verdad me da coraje su comentario.

Abre los ojos bien, bien grande.

—¿Y de cuándo acá no te gusta que le ponga nombres a Torres?

—¿Puedes acompañarme a casa cuando salgamos?

—¿Qué pasa, Abia? —Toma un sorbo de su té de desintoxicación. No sé cómo puede beberse eso con lo feo que se ve.

—Necesito hablarte de algo pero no aquí.

—¿Qué pasa? Vamos, escupe.

—Ya te digo en la tarde.

—Ay, no. ¿No podías esperarte hasta las cuatro y media o qué tal las cinco para decirme que necesitas hablarme pero que tengo que esperar hasta después de las cinco?

—Ya son casi las once, el tiempo pasa rápido.

La oigo murmurar algo que no entiendo. No me puedo resistir y le pregunto:

—¿Tengo algo diferente en mi cara, Tita?

—¿Algo como qué?

—No lo sé, algo diferente.

Me agarra la cara con sus dos manos y observándome con cautela me la sacude de un lado a otro. Con la goma de un lápiz me levanta la nariz y mira por debajo de ella.

—¿Qué haces? —le quito el lápiz.

—Mirándote el cerebro a ver qué diablos es lo que te pasa ahí. Porque lo raro de seguro que lo tienes allí adentro.

Al final de la jornada acabo por entender que fue un error haberle dicho a mi amiga que necesitaba decirle algo. Cada segundo que tuvo durante la tarde sin atender una llamada lo dedicó a intentar sacarme un adelanto del tema pendiente. Vamos caminando hasta mi casa, Tita tampoco lleva auto al trabajo, en cambio, toma el trasporte público por una corta distancia. David y ella comparten un solo auto y la mayoría del tiempo es él quien lo usa pues su trabajo requiere que a veces tenga que visitar otros puntos de ventas.

En el camino de regreso fui clara en que tenía que esperar que llegáramos a mi departamento para hablar, uno nunca sabe quién camina cerca y pudiera escuchar.

Al fin estamos en casa, sirvo unos nachos con salsa roja y nos sentamos en el sofá.

—Espero que todo este drama y misterio haya valido la pena, Abia. Como pase un segundo más sin que me digas, me largo.

—Van a vender el Centro.

—¿Qué Centro? —Se queda con un pedazo de nacho colgando en la mano.

¿Ven que no soy la única que lo primero que hace es preguntar qué Centro?

—CS —le digo y veo como la expresión de su cara se transforma—. Me lo comentó Torres hace unos días.

La veo masticar el nacho y sé que mientras lo hace está alineando su preguntas.

—¿Y qué va a pasar con nosotros?

—No lo sé —le doy un poco más de información—,

Torres tampoco.

—¿Y eso?

—¿Qué?

—Esa confianza del cerdo contigo.

—No le digas así, por favor.

—Sigo esperando la respuesta, ¿y esa confianza?

—Pues no sé. Imagino que siente tanta presión que necesitaba compartir con alguien.

Le dejo saber muy claro a Tita que el punto en esta conversación no es la confianza que tiene Torres conmigo, sino las opciones que tenemos enfrente para no quedarnos sin trabajo. A este momento esas "opciones" se definen como solo una.

—¿Y qué sabes tú de cooperativa?

Ahora que Tita lo pregunta, no mucho.

—En la secundaria tomé un curso de cooperativismo y saqué un diez —le digo y me mira con los ojos en blanco—. Montamos una tienda de efectos escolares y con las ganancias nos fuimos de gira al final del curso. —No le digo que la excursión fue al cine y que la taquilla la pagamos a precio de estudiante.

—¿En serio, Abia? ¿Me estás viendo la cara de idiota?

—Okey, okey, no sé mucho de cooperativismo pero aprenderé.

La puerta suena y ambas miramos hacia allá. *"Brad"*, por unos minutos lo había olvidado. Ahora él tiene la llave del departamento y puede entrar y salir a gusto. Miro de vuelta a Tita, tiene la cara pálida.

—¿Esperas a alguien?

No le respondo porque en ese preciso momento Brad hace su entrada triunfal, lleva unas bolsas plásticas blancas colgando de la mano.

—Lo siento —dice cuando nos ve y se detiene en medio del comedor—. Si necesitas privacidad yo puedo...

—No, tranquilo —lo interrumpo y voy hacia él—. Ven, ella es Tita, la...

—Esposa de David —completa mis palabras.

Tita se pone de pie.

—No me digas, Abia, él es Brad, tu primo —cuando dice primo levanta las cejas.

Brad se acerca y saluda a Tita con un fuerte apretón de manos, que duró más gracias a la insistencia de mi amiga de hacerle un análisis de pies a cabeza al pobre hombre.

Veo a Brad que me dice en silencio "primo" luego me regala una guiñada que considero sutil. *"¡Vamos, Abia, hay que cambiar el tema cuanto antes!"*

—¿Qué traes aquí, Brad? —pregunto agarrándole las bolsas de la mano y enseguida me arrepiento. ¿Y si es algo privado?

—Algunas cosas de comer —responde—. Voy a preparar algo, si quieren pueden acompañarme.

Y como estoy pensando, *"¿de dónde Brad pudo haber sacado dinero para comprar esas cosas cuando éste es solo su segundo día de trabajo y usualmente te dejan una semana de salario a fondo?"*, me tardo en comenzar a decirle que no se preocupe, que coma solo, que todavía me queda un asunto con Tita que dialogar pero ella se me adelanta.

—Será un placer acompañarte, Brad. ¿Cuál es el menú?

—Pues como no esperaba invitados era espaguetis con

carne y salsa roja, pero como ahora tengo dos invitadas creo que lo modificaré; salsa roja con carne y espaguetis.

Me quedo atontada por esa parte de Brad que no conocía. Pero más lo estoy por la actitud de Tita y cómo le sigue la corriente a mi "primo", Brad.

Mientras mi *roommate* pone a hervir la pasta y cocina la carne yo estoy buscando algunos platos, un poco más elegantes, que sé tengo guardados por algún lugar. No sé por qué pero siento que la ocasión merece que comamos en esos platos. Cuando los encuentro en un cajón del fondo de la alacena me viene el recuerdo del día en que Tommy me los regaló. En ese instante vuelvo a notar que hace días que no llama (y que dejo sin responder sus llamadas). Me da con tocarme la barriga porque estoy de espaldas a Tita y sé que no puede verme. Es extraño, no puedo encontrar la sensación de vacío que me dejó su partida, la que me estaba haciendo un hoyo en el centro del pecho.

Tengo los platos en el escurridor y uno a uno los voy secando con una toalla de papel. Tita ni se ha inmutado en ofrecerse a ayudarme, en cambio, sigue muy entusiasmada hablando con Brad. Comentan de todo un poco, hasta de la recuperación de la isla del huracán, que gracias a Dios dejó más lluvia que destrozos. La escucho preguntarle que de dónde viene el parentesco conmigo. Ella no es tonta, en los cuatro años que me conoce sabe que nunca le he mencionado a un primo llamado Brad, peor aún, sabe que si de verdad tuviera un primo que se viera así como se ve este Brad, se lo hubiese mencionado hace tiempo. Él carraspea su garganta y un silencio se escucha. Sé que espera a que yo salga en su auxilio pero lo dejo solo a ver cuán creativo puede ser Brad.

—De parte de madre —dice.

"Okey, me parece que la creatividad no es lo de Brad."

Veo a mi amiga que me lanza una breve mirada.

—Curioso que no heredaste los ojos achinados de la familia Choi —comenta Tita.

Escucho el sonido del respiro profundo que da Brad, que me grita ¡auxilio!

—Es un amigo, Tita, mi *roommate* por un tiempo. Y ya no preguntes más.

Cenamos entre todas las preguntas que sé que Tita tiene todavía en la cabeza y que mañana no perderá tiempo en lanzármelas en el trabajo. Tengo el rostro de Brad sonrojado en mi memoria, intento no mirarlo porque tendré que reírme.

Tita termina una llamada en el celular y nos anuncia que David vino a buscarla y la espera abajo en la entrada del edificio. Nos despedimos y ni me levanto para abrirle la puerta, ella es como de la familia, además, me duelen los pies.

—La próxima vez puedes avisarme con anticipación el grado de consanguinidad que nos une —me dice Brad con una sonrisa ladeada. Yo solo puedo notar cuando mi respiración se detiene justo cuando dice «nos une». *"¿Qué pasa, Abia?"*

—Lo siento —le digo.

—Peor aún —se pone la mano en el pecho—, cuando ya me estoy inventando el cuento de nuestro parentesco, me desmientes.

—Ay, perdón, es que con ella es mejor ser directa.

—No, si a mí no me molesta ser directo.

Lo interrumpo.

—Es peor quedar como un mentiroso. ¿Verdad?

Brad baja la mirada y eso no me hace sentir bien. La puerta suena. Miro a mi alrededor buscando lo que se le tiene que haber quedado a Tita pero no encuentro ni su cartera ni celular abandonados en mi sala o en la cocina.

—Debe ser Tita —digo porque cualquier visita para llegar hasta la puerta de mi piso primero tiene sonar el timbre de la entrada del edificio.

Hago el intento de levantarme pero Brad me dice que me quede tranquila, que él va. De todos modos me levanto y aprovecho para llevar los platos al lavado, es cuando escucho a Brad llamarme. Llego hasta él que permanece con la puerta entreabierta y me dice que una señora me busca. Me asomo y veo a esta señora que nunca había visto. Es alta y elegante. No puedo evitar pensar, *"ojalá yo luzca así cuando tenga su edad"*. Me parece que en edad pudiera estar en los altos cuarenta o tal vez cincuenta, se conserva muy bien. Lleva puesto un traje blanco, pareciera que acabara de salir de una pasarela. Ahora estoy celosa. Creo que jamás me atrevería a vestir un traje blanco después de presenciar lo fenomenal que le queda a esta señora el suyo.

—Abia —me dice con una voz que me parece algo así como celestial, pero no sé si es una pregunta o en realidad sabe que soy yo porque no tengo ni la menor idea de quién es ella.

—Depende de quién la busque —le respondo secándome las manos en el traje.

—Lo siento, soy Teresa Llompart —y el nombre no me dice nada.

—Ajá —miro a Brad quien tiene la misma cara que imagino debo tener yo. «No tengo idea de quién es esta mujer.»

—La pareja de Andrés, tu papá.

Y ahora el "ajá" me lo como porque siento que el corazón se me detiene y los pelos de los brazos se me erizan según un aire frío recorre mi espalda. Me pongo la mano en la boca y cierro los ojos para deshacerme de todas las cosas feas que me vienen a la mente, las que pudieran haber provocado que esta señora llegara hasta aquí. Brad debe haberse dado cuenta o haberme leído la mente porque siento su mano en mi antebrazo cuando lo escucho preguntar:

—¿Estás bien, Abia?

Entonces miro a la señora, Teresa, recuerdo que así dijo que se llama y no tengo que preguntarle qué ha pasado porque parece que mi cara lo hace.

—Oh, todo está bien. Lo siento, no quise alarmarte.

Respiro profundo y me doy cuenta que hace segundos había dejado de respirar.

capítulo 15

BRAD

Gracias a David, que le preguntó a Tita, supe que Abia terminaba su turno más tarde porque tuvo que hacer horas extras. Esta mañana se fue temprano, sigilosa, incluso antes que yo me despertara. Anoche, cuando Teresa se fue, Abia se metió en el baño y después se encerró en su cuarto. Dejó sobre la mesa el sobre color crema que la mujer le entregó y no pude resistirme. Es una invitación a cenar en la Nochebuena y creo que es en la casa del papá de Abia.

Son casi las nueve de la noche y la gente comienza a salir del centro. Hoy no me escondo, la estoy esperando justo al cruzar la calle. Intento poner atención en los rostros de cada una de las personas que salen, la mayoría luce cansadas, algunos escapan a toda prisa, corren escaleras abajo como si la oportunidad de su vida los esperara en algún otro lugar.

Abia aparece a través de las puertas de cristal, va sonriendo mientras escucha lo que sea que un hombre le habla. *"¿Qué será lo que tanto le hace gracia?"* Su sonrisa se hace más grande y mi estómago más pequeño.

¡Espera!

Es conmigo con quien ríe.

Desde las escaleras me hace una señal, que me acerque. Cruzo la calle esquivando entre los autos y nos encontramos en la acera. Me saluda con un simple hola pero esta noche no me parece tan simple, comenzamos a caminar rumbo al departamento y por un rato no decimos nada, sigue sonriendo.

—Te ves de buen ánimo —me aventuro a decir.

—Algo.

¡Cuánto detesto que me responda con una sola palabra! A veces es algo difícil saber si esa palabra significa «sigue preguntando que poco a poco te diré, solo quiero que muestres un poco más de interés en lo que tengo que decir» o es un simple «cállate y no preguntes más».

—¿Hay algo en específico que queramos celebrar hoy? —corrijo al instante— ¿Que quieras celebrar?

—Hoy tuve mi primera cita con el doctor —dice y señala su barriga.

Acabo de arrepentirme de haber mostrado mayor interés en lo que quería decirme. ¿Qué se supone que diga en un caso como éste?

—¿Qué tal? —pregunto.

—Bien.

Y ahí vuelve el idiota a mostrar mayor interés para escudriñar el significado de ese "bien".

—¿Bien, bien o bien?

—Creo que bien, bien —sonríe y mientras seguimos caminando saca un papel de la cartera y me lo entrega—. Mira, eso es lo que tengo aquí adentro.

Uso de excusa detenerme para buscar un poco de luz que me permita ver mejor. Veo al derecho y al revés la imagen. Abia sabe que estoy teniendo problemas en descifrar lo que hay en la foto y sale en mi ayuda.

—Ésta es la cabecita, éstas las manitas y aquí las piernitas que las tiene dobladas.

Su ayuda no sirvió de mucho porque sigo viendo las mismas manchas blancas y negras que veía hace unos segundos.

—Genial —le digo porque no encuentro qué más decir.

Mientras Abia guarda la foto de la ecografía, seguimos caminando otra vez en silencio.

Llegamos al departamento pero no sé si hoy quiero entrar, tal vez, debería quedarme unos minutos en el banco. Cuando Abia me pregunta, aguantando la puerta de la entrada del edificio, si voy a entrar, soy incapaz de encontrar dos simples letras en mi mente para decirle que no.

—Sé lo que debes estar pensando de mí —me dice cuando entramos al departamento.

Ahora sí me interesa saber lo que cree que pienso de ella.

—Dime, Abia, ¿qué es lo que estoy pensando de ti?

Camino detrás de ella.

—Lo que todo el mundo pensará.

—Yo no soy todo el mundo, así ¿por qué mejor no me dices lo que específicamente yo estoy pensando de ti?

—Tommy y yo nos conocemos desde hace mucho tiempo. —Se sienta en el sofá y yo lo hago junto a ella.

Continúo atento a su relato. Me cuenta cómo se conocieron, la amistad y sociedad que une a sus padres y como él, Tommy, llenó un espacio vacío que ella sentía había en su vida. Me hace historias de las aventuras con Tommy, de los problemas en que ella lo metió por complacerla en su obsesión con lo que le depararía el futuro, con su indecisión de lo que quería hacer con su vida. Me río cuando hace el cuento de Tommy, el síquico y un tal Renato. Me cuenta que en la universidad compartieron un departamento y que disfrutaban de espantarse el uno al otro los pretendientes cuando les parecían que no eran las personas adecuadas.

—Nunca hubo una atracción sexual, al menos no de mi parte y nunca lo sentí así de parte de él.

Estoy seguro que no quiero seguir escuchándola pero se me hace imposible inventar una excusa, por eso me quedo donde mismo me senté hace diez minutos.

—El día de su cumpleaños, yo tenía una lista de todas las cosas que nos faltaba por hacer juntos.

"¡Oh, por Dios! Esto sí que no lo quiero escuchar."

—Oh, no, no pienses que puse "tener sexo" en la lista de cosas por hacer con Tommy. —Definitivamente Abia tiene que haber visto en mi cara la necesidad de que aclarara ese punto—. Fue peor —dice.

Dejo salir lo primero que me viene a la mente.

—¿Con los vecinos —se me afina la voz—, los que lo hacen en grupo?

—¡¡¡No!!! —me lanza un cojín y sonríe. Se ve tan linda cuando lo hace.

Okey, descartando esa posibilidad de sexo en grupo

con los vecinos, creo que podré manejar lo que sea que vaya a decirme.

—Emborracharnos hasta borrar cinta.

—¿Borrar cinta? —pregunto porque no tengo idea de qué habla.

—Ustedes, los gringos, le llaman *blackout.*

Acabo de arrepentirme de haber preguntado pero Abia no se da cuenta y sigue hablando.

—Nunca lo hicimos en *college,* borrar cinta, nos cuidábamos muy bien el uno del otro.

"No dudo que ese día sí se cuidaron muy bien."

—No necesito escuchar los detalles —advierto y me aclaro la garganta.

—No pienso decírtelos.

"¡Uff, que alivio!"

—No los recuerdo.

"Oh, no quería saber eso, Abia, te dije que no quería detalles."

Intento relajar las manos que sin darme cuenta cerré en puños. Quiero decirle que se calle, que no siga. No lo hago, quiero saber, aunque no me gusta el sabor que su historia está dejándome en la boca.

Ella sigue y sigue…

—Solo sé que, al mediodía del día después, abrí los ojos gracias al retumbar que sentía en mi cabeza. Tommy estaba sentado a la orilla de la cama, despeinado con las manos en la cabeza. Parecía tener el mismo dolor que yo, también teníamos algo más en común, la ropa… nos faltaba. Había un condón en el piso, así que pensamos que dentro de la locura fuimos precavidos… pero nos equivocamos.

Ahora sí que no tengo la más mínima idea de qué decirle, de todos modos hablo:

—¿Él sabe que estás…? —Hago un gesto circular con la mano sobre mi estómago.

—No. —Sube los pies al sofá, se muerde un cachete y suspira—. Como ninguno de los dos recordaba lo que sucedió, decidimos no mencionarlo más, eso no iba a cambiar nuestra amistad. Eso pensé. El día en que le iba a decir, me sorprende con la noticia de que se marchaba a Italia al día siguiente. Logró una beca para completar su doctorado allá. Siempre supo lo que quería y trabajó día y noche para lograrlo. Supongo que debería alegrarme por él.

—Supongo —digo—, también deberías decirle.

—Lo sé, pero no estoy preparada para hacerlo, no todavía. Necesito pensar en cómo lo haré. No imagino cómo Tommy lo vaya a tomar —sonríe—. Brad, hoy cuando vi en aquel monitor ese renacuajo —hace una pausa para sonreír— y cuando escuché los latidos de su corazón algo pasó dentro de mí, de esta cabezota que fue artífice de la estupidez que te acabo de contar. Siempre he escuchado a las mujeres hablando de cómo un hijo les cambia la perspectiva de la vida, imagino que eso es a lo que se refieren.

—¿Cuánto tiempo tienes?

—Tres meses y unas semanas.

Ya entiendo a qué se refiere Abia, yo también pienso que algo ha cambiado en ella… en mí. En este momento siento más que nunca un deseo de que los segundos se conviertan en horas, las horas en días, los días en semanas, las semanas en meses, los meses en años y los años en décadas. Quiero estar al lado de esta mujer que me acaba de contar cómo es que va a tener un hijo de su mejor amigo y no recuerda nada. Así de loco estoy, Theo, así de loco.

Anoche tampoco pude dormir, al principio pensaba en la historia que me contó Abia, al rato me pesaban los párpados pero empecé a escuchar ruidos extraños que me parecía venían del piso de arriba, entonces estuve riéndome solo toda la madrugada pensando en las sospechas de Abia acerca de sus vecinos.

Hoy es mi día libre, de todos modos tengo bastantes cosas por hacer. Cuando Abia se va, comienzo a rebuscar todo el piso, en algún lugar debe guardar las cosas de temporada. Casi una hora después encontré en unas cajas de plástico unas guirnaldas de luces para el árbol de Navidad. Tuve suerte que cuando las conecté todas encendieron.

No tengo la menor idea qué árbol comprar. Después de argumentar con el vendedor por un rato, me decido por uno pequeño, que con suerte espero sea frondoso. Aquí donde los venden no le quitan las sogas para poder verle el follaje antes de comprarlo, es una compra a ciegas. Subir el árbol tres pisos no fue nada, cargarlo en la espalda por tres cuadras me rajó la madre.

Estoy sentado en el sofá mirando el primer árbol que decoro en mi vida, lindo no está, pero por lo menos sí parece uno de Navidad. Tengo el corazón acelerado, no sé si a ella le guste o si lo vea como un atrevimiento de mi parte. Son casi la seis y media y comienzo a preocuparme, se supone a esta hora ya ella esté de regreso. El timbre de la entrada del edificio suena, la razón me dice que no responda porque esta no es mi casa pero el instinto me dice que sí lo haga. Cuando digo buenas noches la escucho hablar.

—Brad, ven por favor, necesito tu ayuda.

Abia está frente a la puerta del edificio y lleva las manos cargadas de libros. Enseguida que abro la puerta me los pone en las manos y sube las escaleras.

—¿Qué es todo esto? —pregunto cuando dejo caer los libros sobre la mesa del comedor.

—Creo que eso es lo que deberías responder tú, Brad. —Está parada frente al árbol.

Encojo los hombros.

—Es Navidad —meto las manos en los bolsillos del pantalón—, a este lugar le faltaba un toque masculino — bromeo.

Entrecierra la mirada.

—Está lindo.

—No mientas.

—De verdad, está lindo.

—¿De verdad? —insisto.

—Sí, es mono. Te juro que ni cuenta me había dado que ya estamos en diciembre. Espera, ¿esas son mis guirnaldas?

Un libro cae al piso, bueno lo dejé caer con toda intención de desviar el tema.

—¿Para qué son estos libros? —pregunto por preguntar porque ya me he leído el título de los siete libros.

—Verás —camina entusiasmada hacia mí, no, lo hace hacia la mesa y los libros—, creo que la solución a la situación del Centro pudiera estar en esas páginas.

—¿Te refieres a la venta del Centro?

—Sí. Le he propuesto a Torres que juntemos un grupo de empleados, los más responsables y creemos una cooperativa.

—¿Cómo eso va a solucionar el problema, a evitar que el dueño o los dueños lo vendan?

—Ese es el punto, Brad —me da una palmada en el pecho—, usando la cooperativa como base presentaremos una propuesta de compra.

—Compra —digo pero en este punto no sé ni cómo lo digo si en pregunta o simplemente validando lo que acabo de escuchar.

—Correcto, vamos a comprar el Centro.

—Genial —le digo y hago una nota mental que tengo que llamar mañana a primera hora a Marion.

Debí haberle dicho que sí eran sus guirnaldas y olvidarme de los libros.

capítulo 16

THEO

Hoy tenía que llevar a Candence a la práctica de soft-
bol pero Cathy, su madre, llamó a última hora diciendo que
hubo un cambio en las clases de ballet. Para ella el ballet es
primero que los deportes a los que dice obligo a ir a la niña.
Si supiera que es ella quien me ruega que la lleve, que me
ha confesado que las cinco veces que se le han roto las zapatillas de baile no ha sido pura causalidad. Tengo la sangre
hirviendo porque me quedé con la ilusión de ver a mi hija,
hace casi una semana que no lo hago. La semana pasada
tuve que cancelar el compromiso de llevarla al cine porque
las grabaciones del piloto de un nuevo proyecto se extendie-
ron más de la cuenta. Sometimos el material de prueba a
cuatro estaciones de televisión, tres ya han respondido que
no les interesa la propuesta. Solo nos queda una por responder y a mí algo me dice que no ponga muchas esperanzas

en ello.

Mamá dice que sea como AB, que piense positivo. ¿Cómo voy a pensar positivo cuando lo único que recibo son rechazos?

Papá nos heredó en vida, siempre ha dicho que quiere presenciar el éxito de sus hijos mientras pueda ir al baño solo. A mi hermano le dio dinero, a mí me dejó la casa productora, en la que por los pasados tres años hemos tenido que luchar para sacarla a flote. La subcontratación del trabajo de postproducción y edición a otras casas productoras es lo que nos ha mantenido respirando. Sé que el viejo confía en mí, que me cree capaz de generar una idea lo suficientemente genial como para que mi nombre quede en la historia de la televisión de América igual como ha quedado el suyo.

No quiero una estrella en Hollywood, solo quiero tener mi momento, que mi padre sienta orgullo por lo que soy capaz.

A diario me aparto del mundo, dedico horas a pensar qué no se han inventado todavía. Esa no es tarea fácil y mucho menos cuando intentas hacerlo al natural, sin la influencia de ninguna sustancia que te ponga más creativo. Descarto los zombis, los vampiros y los chicos malos de familias disfuncionales, ya todo eso existe. Y de los Juegos de Tronos, ni hablar, escuché que ya no hay actores que quiera participar porque saben que tarde o temprano a su personaje lo van a masacrar, más temprano que tarde.

Un golpe de suerte.

Mi golpe de suerte, eso es lo que necesito.

Llegará.

Sé que en algún momento llegará.

El viejo dice que no desespere, pero no quiero que me llegue cuando tenga que usar pañales desechables porque no pueda contener la orina.

Aprovecho que los cuartos de edición están solos y me encierro en uno. Dejar un par de horas más aquí para cumplir con el "favor" que me ha pedido papá para AB no hará diferencia. Esta noche ya no tengo nada más qué hacer, solo llegar a mi casa, encontrarla vacía y ponerme a mirar las cuatro paredes. Acceso a la nube y mientras descargo el material que el *loco* de mi hermano ha ido acumulando no puedo evitar pensar en él. AB no es el mismo desde que se fue en un viaje misionero del colegio en su último año de secundaria, un castigo que le impuso mamá y creo que el último antes de darse por vencida con su hijo mayor. Se fue siendo un rebelde, un alborotoso día y noche, por quien mamá tenía que acudir casi semanalmente al colegio. Se libró en tres ocasiones de la expulsión. El viejo dice que una se la debe a Brad Pitt y las otras dos a Megan Fox. Si no fuera porque papá y sus contactos consiguieron acceso a unas fotos autografiadas de cada una de esas estrellas para la directora y el profesor, creo que AB no hubiese terminado la secundaria. Él siempre ha odiado las cámaras y el ambiente este en que hemos crecido. De hecho, le llamamos AB porque él mismo nos obligó a llamarlo así, dice que es una estrategia para confundir a los medios, para que no pudieran asociarlo con papá y su éxito. AB detesta al público, odia la fama y todo lo que venga con ella. Cuando regresó del viaje misionero, estuve tres meses completos en campaña activa para que me confesara a qué planeta se lo habían llevado los extraterrestres. Necesitaba saber qué raza fue la que lo raptó y a dónde habían dejado a mi hermano, el alborotoso, el problemático. Cada vez que le pregunto, recibo la misma respuesta: «Ve a un viaje de esos, Theo, y verás lo que me pasó».

El par de horas que pensaba dejar demás en el estudio se han convertido en la madrugada. Ya no me queda pellejo en los dedos de las manos, es lo único que he comido en las pasadas horas. Son las dos de la mañana y yo sigo aquí en el mismo cuarto de edición sin parar de ver los vídeos de AB. Ya no pienso que mi hermano está tan loco como creía. Agarro el celular, no me importa la hora que es, llamo a uno de mis muchachos.

—Prepara un equipo de campo, nos vamos en el vuelo de las seis de la mañana para San Juan. —Cuando cuelgo la llamada me sobo la nuca, creo que acabo de sentir un golpe muy duro. ¿Mi golpe de suerte?

capítulo 17

ABIA

Hoy es un día muy importante, Torres y yo reuniremos por primera vez a los empleados que él ha identificado para hablarles del proyecto de la cooperativa. Él sugirió que lo hiciéramos en un lugar discreto, que no levantáramos sospechas. Será en la noche, en mi departamento. Estoy algo nerviosa porque no sé si sea capaz de transmitirle todo lo que tengo en la cabeza, mis ideas, a todos ellos.

Hoy he decidido no esconder el milagro que crece en mí.

Les dije que era un día muy importante. ¿Cierto? Llevo puesto un pantalón legings negro, una camisilla blanca ajustada y una camisa de manga larga azul claro de tela de mezclilla con los botones abiertos, me puse además los tenis negros porque, al igual que el resto de mi cuerpo, los pies me piden comodidad. No es que se me note mucho la panza, más bien parece que desayuné demasiado.

Es la estrategia que usaré para revelarle a Tita la noticia. La otra noche, Brad y su cena me interrumpieron el momento, no le pude decir. Aquí en el Centro es el lugar perfecto, ella no pondrá el grito en el cielo y el tiempo que transcurra desde que me vea hasta la hora de almuerzo será suficiente para que descargue su reacción, cualquiera que vaya a ser.

Al llegar a mi estación veo la silla de Tita vacía, miro alrededor y ahora la veo salir de la oficina de Torres. Camina hacia mí y noto que ya reparó en mi atuendo.

—¿Hoy estamos relax? —pregunta—. Se te ve bonito.

Termina de acomodarse el auricular inalámbrico en la oreja y ya le he puesto un papelito en la pantalla del computador junto con la imagen de la ecografía. Enseguida me devuelve el pedazo de papel con algo que acaba de escribir en él:

«Lo sé. Solo dime que Brad es el papá, por favor.»

«No», le escribo de vuelta y empiezo a romperme la cabeza intentando adivinar cómo lo sabe.

Se me pega a la oreja y habla bajito:

—Entonces, no quiero saber. —Pone de vuelta la foto de mi renacuajo encima de mi escritorio.

Ese «no quiero saber» lo traduzco a un «ya sé quién es». A Tita nunca le ha caído muy bien Tommy, además de la relación rara que ella dice que tenemos y que no puede entender, dice que es demasiado inteligente como para que ella pueda sentirse cómoda cerca de él. La verdad es que soy yo la que no puedo entenderla a ella, en contraste, a Tommy le cae bien Tita, dice que le gusta su manera simplista de ver las cosas. Y es que Tita ve todo o blanco o negro, en su vida no existen grises. Tommy es de los que miran al pasado para conocer la historia, la raíz de las cosas y así poder entender el presente, Tita es de las que dice mirar solo hacia el frente, el futuro, porque el pasado ya se quedó atrás.

No puedo decir que la jugada de darle la noticia a Tita me salió mal, pero el silencio al que me ha condenado mi amiga en las pasadas horas me ha puesto susceptible. Cuando el señor Martínez me llamó, otra vez con el cuento de que el monitor de su computadora no prendía, estuve a punto de decirle que lo que tenía que hacer era prohibirle la entrada a su oficina a su esposa, que parece ser siempre el factor en común de las fallas del bendito monitor del señor Martínez.

Me levanto para ir a almorzar en el comedor que compartimos los operadores, Torres me llama a su oficina.

—Ya está todo listo, De Luna. He invitado a veinte, los que llevan más tiempo y son empleados a tiempo completo, creo que de ellos podemos esperar más compromiso.

—Bien.

—¿Estás lista? ¿Quieres que repasemos la presentación una vez más?

Torres ha empezado a caerme bien, no es que me cayera mal antes, siempre me ha tratado con respeto, sin cariño, pero sí con respeto. Desde que estamos gestando este proyecto juntos he dejado de fijarme en esas cosas que otros ven, las que hacen que gente como Tita le ponga sobrenombres. Torres me contó que tiene tres hijos, uno de ellos con necesidades especiales, su esposa no trabaja pues tiene que dedicarle mayor tiempo a ese niño por lo que él es el único sustento de la familia. Ese día entendí porque es tan organizado, tan estricto, perfeccionista y por qué no le importa si la camisa le queda muy ajustada y los botones parecen que

en cualquier momento reventarán. Él tiene otras prioridades; que su familia esté bien, que tengan lo que necesitan,
luego viene él.

—Todo está bien, Torres, almuerza tranquilo.

¿Se habrá comido el cuento de que estoy bien?

Tita me espera en el comedor, estoy segura le ha dicho
que quiere estar sola ya a más de diez personas que le han
preguntado si la pueden acompañar. Esa es una mesa privi-
legiada, con el frío que hace aquí, todos se pelean por estar
cerca del cristal y sentir un poquito del calor del sol que
entra a través de éste.

Han pasado diez minutos y seguimos comiendo en silencio.

—¿No vas a decirme nada? —pregunto.

—Si no tengo nada bueno que decir, mejor no digo
nada. ¡Oh, espera! ¿Acaso no eres tú siempre la que dice
esa frase?

—¿Cómo lo supiste, Tita?

—¿Supe qué? ¿Qué Brad no es tu primo o lo de tu
embarazo?

—Lo segundo.

—Se te ve en la cara.

En un reflejo instantáneo me toco la cara. Muero por
preguntarle qué tengo en ella, qué es lo que revela lo que
hasta esta mañana guardaba como un secreto. No lo hago,
no le pregunto porque no quiero escuchar lo que sé que
quiere decirme.

—¿No quieres saber cuánto tiempo tengo?

—Lo suficiente —pone los ojos en blanco— para que te quede bonita esa ropa.

Eso lo doy por un cumplido, uno forzoso, pero un cumplido.

—Gracias.

—Que me dijeras que estás encinta de un tipo que no sepa de dónde rayos lo sacaste o que no tengas ni idea de quién es el padre de tu hijo porque estuviste teniendo sexo sin protección, con un hombre diferente por dos semanas, hubiese sido aceptable. Pero Tommy, el señor perfecto, ¡ah! es traumatizante.

—Tita, por favor, no lo llames así.

—Perdón, el señor casi perfecto, porque se me olvida que, como dice él mismo, su nivel de francés es pobre. Prepárate para llamar a tu bebé Hades o Zeus o alguna mierda de esas.

—Tu entusiasmo me hace sentir bien —le digo en un tono seco.

—Por lo menos mi entusiasmo le gana al tuyo.

Quiero responderle como se merece pero solo dejo escapar una bocanada de aire.

—Adelántame algo de lo que hablarán hoy en tu casa —me dice y estoy segura que lo hace como excusa para cambiar el tema.

—Es de lo que te mencioné en mi casa la otra noche, pero mejor esperemos a la noche, no sea que te entusiasmes demasiado aquí y comiences a brincar de felicidad.

Me levanto y llevo lo poco que me quedaba del almuerzo a otro lugar.

A mi salida del Centro tenía la esperanza de encontrar

a Brad y caminar junto a él hasta mi departamento. Mientras caminaba sola deseaba verlo en el parque, sentado en el banco. Llevo rato aquí sentada, buscando las energías que necesitaré para enfrentarme a mis compañeros.

—Hola Abia —escucho una voz familiar—. Espero no te moleste que te acompañe. Me dijo Brad que podría encontrarte aquí.

"Gracias, Brad."

—Hola, Teresa. ¿Verdad? —le respondo y miro por encima de su hombro hacia la ventana de mi departamento y allí encuentro a un espía observándome, enseguida que me ve, se voltea y desaparece.

—¿Has pensado si nos acompañarás a la cena?

Dudo si debo invitarla a sentarse y compartir un rato el banco conmigo.

—¿Papá sabe que me invitaste o que estás planificando una sorpresa? Te adelanto que a Andrés De Luna no le gustan las sorpresas, por eso es que hace cuatro años no nos hablamos.

—Lo sé. Pero si ninguno de ustedes se anima a dar el primer paso, creo que una ayuda no vendría mal. —Teresa se auto invita a sentarse—. Él te extraña, Abia.

Cuando la escucho decir que papá me extraña no puedo hacer más que levantarme. En segundos me invaden unas ganas inmensas de llorar.

—Tengo la invitación, Teresa, toda la información está allí. Ya veré qué hago.

Cuando estoy a punto de cruzar la carretera la escucho gritar:

—Puedes llevar a Brad, si deseas.

A veces por más que lo intentes, por más que digas al abrir los ojos en la mañana con todo el ánimo y positivismo del mundo que este día será uno maravilloso, las cosas fluyen en la dirección opuesta desde que das la primera pisada del día.

Se me había olvidado que ahora no vivo sola.

—Tendremos visita en un rato —le anuncio cuando entro al departamento y veo a Brad en la cocina.

—¿Puedo preguntar quién nos acompañará?

—Ya lo hiciste —le digo sin detenerme.

—¿Hice qué?

—Preguntaste —respondo.

—Ah —Lo veo dudar si sonreír. Sabe que no estoy de ánimo y también que algo de culpa tiene él.

—Y no es quién sino quiénes —le aclaro.

—Si deseas puedo irme por un rato.

—No es necesario —le digo aunque en realidad quisiera decirle (quédate)—. Algunos de los compañeros del Centro vendrán.

—¿Un *happy-hour*?

—Algo parecido —le respondo y me voy a bañar.

Después de haber desfilado frente a Brad cubriéndome solo con la toalla de baño porque vuelvo a olvidar que ahora vivo con un hombre, que recogí de la calle, que no es nada mío, que sin saber por qué le conté cómo es que quedé embarazada y no recuerdo nada de esa noche, creo que estoy lista para comenzar a recibir a mis futuros socios. ¿Qué más puede pasarme?

Por un momento dudo si tener a Brad observándome desde el sofá toda la noche sea lo que necesito, tal vez su idea de irse a dar un paseo hubiese sido adecuada. De repente tener su rostro allí me hace respirar más despacio. Todos han llegado menos Torres. No quiero comenzar sin él, habíamos quedado en que sería él quien daría las palabras iniciales y además quién traería las copias de la presentación que preparamos. Estoy sirviendo un poco de agua en algunos vasos intentando ganar tiempo y observo a Tita que está en una esquina hablando con Brad. Quiero saber de qué tanto hablan, creo que no debo hacer mucho esfuerzo por adivinar. El timbre suena cuatro veces corridas casi sin espacio entre uno y otro timbrar. Sé que es Torres y sonrío para mí. Las manos de Brad chocan con las mías que intentan agarrar los vasos y llevarlos hasta el comedor.

—Te ayudo —me dice, le agradezco y voy por Torres a la puerta.

He acomodado los taburetes alrededor de la mesa del comedor entre las sillas más bajas, es inevitable que algunos hayamos tenido que quedarnos de pie.

Torres, que ha llegado sudando, comienza agradeciendo a los compañeros por aceptar la invitación. Hace la advertencia que lo que se va a dialogar esta noche es un tema confidencial y que si están aquí es porque contamos con su discreción. En palabras escuetas cuenta a todos la situación actual del Centro y los movimientos que sabe se están llevando acabo para venderlo. Enseguida que da la noticia veo en la cara de todos la misma pregunta que sé tuve yo en la mía cuando me enteré. ¿Qué va a pasar con nosotros? Mi supervisor, respondiendo la pregunta que una de las señoras se ha atrevido a esbozar, me entrega la palabra.

Tener todos esos ojos encima de mí no es intimidante,

al menos no más que poder lograr cambiarles esas miradas de angustia e incertidumbre. Cuando voy a hablar la voz se me entrecorta y toso un poco, aparece un vaso de agua frente a mí que sujeta Brad. Tomo un poco y le doy las gracias silenciosas por estar aquí.

—Brad, mi *roommate* —lo presento a la audiencia por si acaso se me había quedado alguien sin presentar.

Es inevitable ver cómo la mayoría mira a Brad y luego me miran la panza. Desde esta mañana nadie se ha atrevido a hacerme ningún comentario. Sé que lo han hecho pero entre ellos, no a mí.

Después de un profundo respiro comienzo a contarles el plan. Les hablo de lo que es una cooperativa, de la oportunidad que Torres y yo creemos que podemos tener si logramos montar un plan sólido, les enfatizo la importancia de que podamos levantar un capital inicial y en este punto veo las reacciones silenciosas de la audiencia: tos, ojos entrecerrados, resoplidos y hasta bocas torcidas. Hay varias preguntas que logramos responder entre Torres y yo, no son de mucha profundidad porque apenas compartimos ideas en cuanto a lo que debería ser el proyecto, hoy solo presentamos el concepto general, la idea. Acordamos volver a reunirnos en una semana para presentarles una estructura preliminar del proyecto. Torres da las gracias y les desea a todos buenas noches.

—Se me olvidaba, De Luna —comienza a decir Torres con el mismo tono de voz que agradeció a los presentes— Anthony Bradley Evans.

Escucho a alguien toser y cuando miro veo a Brad que camina. No. Corre de prisa hacia el baño.

—Ese es el nombre del dueño del Centro —añade Torres y vuelvo mi atención a la conversación—, cuando tengamos algo más concreto de la propuesta lo contacto para solicitarle una reunión.

Me despido de Tita que es la última persona que queda, camino hacia el sofá y dejo caer mi cuerpo. Me doy cuenta que Brad continúa todavía en el baño.

—¿Estás bien? —le grito pero no recibo respuesta—. ¡¿Brad?!

Me quito los zapatos y sobo mis pies porque de verdad me duelen bastante.

Lo escucho responder un «voy» y enseguida que sale del baño viene conmigo al sofá.

—¿Todo bien? —vuelvo a preguntarle porque lo veo algo tenso y ¿pálido?

—Sí —responde sin mirarme.

—¿Qué tal te pareció la reunión?

—Estuviste muy bien. —Me da un codazo sutil que aterriza en mi antebrazo. De repente siento que ya no me gusta que Brad me toque, *"me fascina"*.

—¿En serio? Es que tener todos esos ojos encima de mí me hizo sentir incómoda. Sentía que la gente analizaba cada diminuto movimiento que hacía, como si intentaran descubrir algún lenguaje oculto, algo diferente a lo que les decía.

—Tienes que ganarte su confianza —me dice.

"Confianza", esa palabra retumba en mi mente.

¡Coño!

¡Ay!

¡Dios mío!

Estoy sintiendo que se me ha pegado un perro en la planta del pie, ¡no, espera!, no es un perro, es un maldito calambre que me saca un grito y me hace retorcer.

—¿Qué te pasa, Abia?

—Un calambre, en el pie. ¡Me duele!

"¿Qué más va a pasarme este día?", le reclamo al universo en un silencio furioso.

Brad agarra mi pie, enseguida comenzamos en una lucha de manotadas, él sacando mis manos y yo que me tengo que agarrar el pie porque duele. Se impone sobre mí y me obliga a quitar las manos. Comienza a masajear justo donde tengo el calambre. Yo no quiero que me toque porque recuerdo que ya no me gusta que lo haga. Enseguida que siento el alivio que el movimiento de sus fuertes dedos me proporcionan, recuesto la espalda en el sofá y dejo caer mis párpados.

Sus manos se sienten muy bien.

"Demasiado"

Los dedos, que recuerdo mugrosos la primera vez que los vi, saben colocarse en el lugar preciso donde tengo la molestia que él logra aliviar.

Suspiro.

"Oh..."

Me doy cuenta que ya no estoy molesta con Tita por el poco entusiasmo cuando le dije que iba a ser mamá.

"Un poco más arriba, Brad. Sí, ahí, ahí."

Respiro profundo.

¿Qué raro? Tampoco estoy molesta con Teresa por su insistencia en que vaya a la bendita cena.

"¡Que bien se sienten tus manos, Brad!"

Me retuerzo un poco.

Exhalo.

"Ah..."

Es curioso que el disgusto con Brad por haberle dicho a Teresa dónde encontrarme desaparece. Unas cosquillas van recorriéndome las piernas en dirección ascendente.

Respiro otra vez, ahora más cortito.

Y vuelvo a respirar.

"No pares, Brad."

Ay, no sé ni dónde poner mis manos. Creo que ahora estoy apretando un cojín.

"Así, sigue con tus dedos así."

Me retuerzo en un largo suspiro.

Cuando abro los ojos de cantazo: ¡Oh por Dios! Allí está él con sus ojos en mí, con una sonrisa soslayada.

—¿Eso fue un...?

"¡Orgasmo!", grito en mi cabezota y salgo corriendo hacia el cuarto.

capítulo 18

BRAD

Cuando escuché mi nombre en la voz de Torres no pude hacer otra cosa más que meterme en el baño y quedarme atento a lo que conversaban. Por suerte pude oír el resto de la conversación, de todos modos, necesité tiempo para componerme. Al salir del baño estuve a punto de decirle la verdad, entonces vino el calambre y luego ¡uff!

—Abia —es la quinta vez que la llamo.

—Vete, Brad. No voy a abrirte.

Estoy frente a la puerta de su cuarto, no puedo parar de reír. Tengo grabada la expresión de su cara. Me siento culpable, una vez palpé que ya se le había aliviado el nudo que le causó el calambre en la planta, no debí seguir sobándole el pie. Pero se veía tan… tan linda allí recostada y no pude evitar imaginar que fuera en mí en quien pensaba cuando apretaba con fuerza el cojín.

—Vamos, abre la puerta. No pasó nada.

—¡Vete!

***

Llevo despierto desde las cinco de la mañana con una guardia montada a la puerta del cuarto de Abia. Sé que intentará irse sin que la vea.

Son las seis y cinco, observo desde la cocina, por fin abre la puerta. Sale a paso acelerado cargando en una mano una toalla y en la otra su ropa. Se encierra en el baño sin decir buenos días.

Las seis y veinte, Abia sale del baño vestida con un traje holgado blanco y vuelve a encerrarse en su cuarto. Parece un bendito ángel.

Seis y media, sale otra vez del cuarto y carga su bolso de cuero marrón cruzado en el pecho, lleva puesta unas zapatillas del mismo color.

—Buenos días, Abia —le digo. Será imposible que se libre de mí.

—Buenos días —me responde el saludo, no me mira, va directo rumbo a la salida.

Avanzo más que ella y por supuesto que gano la carrera. Ahora tiene que deshacerse de mí antes de poder salir. A menos que tenga algún poder mágico que le permita atravesar paredes como lo ha hecho con mi corazón.

—¿Te vas sin tu café?

Cuando para en seco al encontrarse conmigo el viento que trae con ella choca con mi cuerpo. Abia huele rico, mejor que el café.

—Tengo una cita en el laboratorio —me hace una seña con la mano, que me aparte a un lado— es temprano, la cita y debo ir en ayuna.

Tiene la mirada caída y la voz cortante. Aunque disfruto de hacer de esto una tortura amigable, me doy cuenta que no me gusta verla así, no me hace sentir bien verla así.

—Escucha —pongo mi mano libre sobre su hombro, la retiro al instante que siento como Abia se tensa—. No pasó nada. Anoche no pasó nada. No tienes por qué avergonzarte. Fue una reacción… *"Vamos, dile cómo fue la reacción, Brad, carajo, dile, ¡dile!"* —¿Natural? —completo aunque lo que realmente quiero decir es sensual.

Mordiéndose los labios agarra uno de los vasos de café que tengo en la mano y yo continúo intentando salir del hoyo que creo me acabo de lanzar de cabeza.

—Dicen que en tu estado las hormonas se vuelven locas —*"¿Serás estúpido? Le acabas de decir loca."*

—Así parece —habla bajo.

Me hago a un lado para que Abia pueda pasar, no soporto un segundo más verla con esa mirada. La veo abrir la puerta y caminar hacia las escaleras.

—Hey —la llamo, logro que se detenga y sus ojos encuentren los míos.

—Espero que tengas un día alocado —le guiño.

Siento un calor en mi pecho que sin duda tiene su origen en la sonrisa que Abia acaba de regalarme.

Niega con la cabeza.

—Creo que ya tuve suficiente —riposta y continúa escaleras abajo.

La oigo decir más alto, «yo que tú procuro dejar esas

manos metidas en los bolsillos todo el día, no sea que naturalmente te busques problemas». Me río porque, aunque ya no la alcanzo a ver, sé que ella también está riendo y su imagen, la de anoche, vuelve a mi cabeza. *"Esto está mal, AB, muy mal."*

Una hora más tarde voy caminando rumbo a mi trabajo con el rostro de Abia en la mente.

—¡AB!

Escucho esa voz que es inconfundible... impredecible.

"¿Theo?"

Al voltear ya está a mi lado, lleva una gorra puesta, sus gafas deportivas cubriéndole los ojos, shorts bermudas y una camiseta de hilo estilo cubana blanca.

—¿Qué diablos haces aquí? —Le reclamo observando a todos lados.

Me mira de arriba abajo.

—¡Wao! Qué cambio. Te ves decente, tipo.

Camino a una esquina junto a un árbol de tronco grande y del brazo lo halo conmigo.

Protesta.

—¿Qué haces aquí? —vuelvo a preguntar.

—Estoy trabajando en lo tuyo —imita el tono bajo de mi voz—. La calidad del material que has grabado es pésima. Ya sé por qué el viejo no te dejó la casa productora.

—Al grano, Theo —condeno dándole un golpe a la visera de su gorra que se le hunde un poco más en la cabeza.

Se arregla la gorra antes de hablar.

—Necesito hacer unas tomas adicionales de mejor calidad.

—¿Tan malo está el material? —pienso en voz alta.

Se rasca la cabeza, mira al suelo y dice que sí.

—Pero, tú no te preocupes, tu hermano Theo lo tiene resuelto, solo hacemos unas tomas generales de los lugares que más frecuentan y con eso, lo arreglamos todo.

—¿Quieres hacer unas tomas de los lugares que frecuentamos? —pregunto porque desde anoche creo que estoy algo idiota y no sé si lo estoy entendiendo bien.

—Correcto.

—¿Cómo de qué lugares?

—Dónde trabajan, dónde viven, el parque.

—¿Quieres que te dé toda esa información?

—Te dije que sí. ¿Qué te pasa? Estás como lento hoy, AB.

"Sí, estoy lento, Theo, desde anoche estoy lento e idiota y no sé qué más."

—¿No crees que es muy riesgoso, que Abia podría darse cuenta?

—Ah, si eso es lo que te preocupa, tranquilo, lo haremos con cautela, nadie va a darse cuenta. Trabajaremos infiltrados como fantasmas.

El plural en el verbo de Theo comienza a retumbarme en la cabeza.

—¿Lo harán? ¿Trabajarán? ¿Tú y quién más?

Mi hermano tiene una capacidad insuperable para volarme la cabeza.

—Traje conmigo un par de chicos de la productora.

Ahora sí que lo mato. Carajos, le dije que nadie más debía saber de esto.

—¿Qué pasó con «no le digas a nadie de esto», Theo?

Me pone su cara de "tengo todo bajo control".

—No saben de qué es el proyecto. Ellos solo harán su trabajo. Tú, tranquilo, AB, deja las cosas en mis manos, tengo todo bajo control.

Estuve todo el turno en el Starbucks desesperado casi sin poderme concentrar, incluso David me preguntó si me pasaba algo. Tengo el presentimiento que haberle dado la información a Theo traerá consecuencias. No tenía otra opción. Estaba tarde para mi turno así que le di lo que me pidió. Cuando lo vi entrar a la tienda horas después, lucía contento, muy animado… demasiado. Se acercó a la caja donde yo atendía y ordenó un expreso. Al pagar puso bajo el billete de veinte la llave del departamento de Abia que le presté y una nota que decía:

«Listo. Tengo todo bajo control.»

Finalizo mi turno y me voy caminando sin rumbo, termino en un lugar de comida mexicana, con una margarita frente a mí llamo a Marion.

—Soy yo. *"Call me back"* —le dejo mensaje en el voice-mail.

No pasan cinco minutos cuando mi amigo y abogado me está devolviendo la llamada.

—¿Cómo estás? ¿Por dónde andas?

—San Juan —le respondo.

—¿Puerto Rico?

—Sí.

—¿Qué haces allí?

—Lo que te había contado.

—Coño, pensé que era una broma. ¿Estás loco?

"Quiero decirle que sí, que creo ya enloquecí."

—Cuéntame, ¿cómo van las negociaciones?

—Tenemos tres ofertas de compra, dos vale la pena mirar, la otra ya la descarté. ¿Estás seguro que quieres salir de la compañía? ¿Te está generando bastante? Solo a ti se te ocurre una cosa como esta. ¿De qué vas a vivir después?

—No te preocupes por mí, Marion. Mira, vamos a recibir una cuarta oferta. No es una convencional, no la descartes, quiero escucharla.

—¿De quién vendrá?

—De los empleados del Centro.

—¿De los empleados? —No lo veo pero sé la cara de incredulidad que debe tener ahora mismo—. Pero ¿de dónde sacarán el dinero?

—No tengo idea, de todos modos quiero ver de lo que son capaces y hasta dónde pueden llegar.

—¿Estás seguro? Esto va a dilatar más el proceso.

—Lo sé, pero quiero escuchar qué van a ofrecer.

—No hay problema. Lo hacemos a tu manera, amigo. Sí, te advierto que los compradores que ya tenemos están un poco ansiosos, no debemos dilatar demasiado el proceso no sea que se arrepientan y perdamos el *momentum*.

—Entendido, Marion, démosle un par de semanas más para ver con qué se nos acercan. Ellos, lo empleados, ya saben mi nombre. Sigue manejando tú las cosas, recuerda no decirle a nadie dónde estoy.

—No te preocupes. Cuídate mucho y cuidado con ese invento, no sea te metas en problemas por querer hacer un bien.

Abia es una mujer inteligente, es lista y aunque tengo la oportunidad de ponerle punto final a este enredo que he creado, me pica la curiosidad de saber hasta dónde es capaz, hasta dónde ella puede llevar a ese grupo de personas asustadas, temerosas al cambio. Además, ponerle el punto final significa el fin de la historia de Abia con Brad. *"¿O, tal vez, el comienzo de la historia de Abia y AB?"*

No lo sé.

Al llegar, después de las diez de la noche al departamento, encuentro a Abia en la mesa del comedor rodeada de todos los libros abiertos de par en par, hace anotaciones en una libreta.

—¿Trabajando tarde? —pregunto y noto que tiene los pies descalzos encima de otra silla.

—Estamos contra el tiempo —responde sin mirar—. Hoy se me acercó la mayoría de los que ayer estuvieron aquí para agradecer que los tomáramos en cuenta, sin embargo, no creen que puedan ser parte del proyecto.

Siento la desilusión que desinfla sus palabras.

—¿Te dijeron las razones?

—¿Cuál más? Dinero. Siempre el bendito dinero se mete en medio de todo.

Arrastro una silla y me siento junto a ella. Me muerdo

las ganas de reír cuando veo que recoge los pies y los lleva con las piernas dobladas encima de su silla. Levanto las manos frente a mí y me las meto en los bolsillos. Entonces, río con ella.

—¿Les has explicado en detalle cómo funciona una cooperativa?

—Creo que sí —responde mordiendo la goma del lápiz.

Agarro uno de los libros que tiene abierto sobre la mesa, veo la portada, *"éste ya me lo he leído"*, busco en el índice, luego paso algunas páginas y comienzo a leer en voz alta:

—Una cooperativa es una asociación autónoma de personas que se han unido voluntariamente para hacer frente a sus necesidades y aspiraciones económicas, sociales y culturales comunes por medio de una empresa de propiedad conjunta y democráticamente controlada. —Levanto la mirada y veo que Abia me observa. Continúo leyendo—: Valores cooperativos.

—Ayuda mutua —dice ella interrumpiéndome.

—Responsabilidad —continúo con la mirada fija en ella.

—Responsabilidad social —añade y pestañea, *"uno, dos, tres veces"*.

Ahora es mi turno.

—Democracia.

La veo sonreír mientras consume su tiempo.

—Igualdad.

—Equidad —digo enseguida y veo como arruga la frente.

—¿No son lo mismo, equidad e igualdad?

—No —y explico—: Equidad se refiere a la justa distribución de los bienes mientras que igualdad se refiere a los deberes y derechos por igual.

Anota algo en la libreta, le doy espacio para que termine su apunte y sigo porque todavía no hemos terminado.

—Solidaridad.

Humedece sus labios y dice:

—Honestidad y transparencia.

En ese instante siento un vacío en el pecho y me doy cuenta que hace rato no miro el libro que tengo en las manos. Me preparo para la pregunta siguiente, la que sé Abia me va a lanzar.

—Todo esto es muy lindo, Brad, inspirador y todo eso pero ¿cómo hago para que esta gente quiera poner el dinero que no tienen en este proyecto?

Siento un alivio al saber que esa no era la pregunta que esperaba.

—Acabas de responderte tú misma, Abia, inspirar. Tienes que inspirar a esa gente. Tienes que hacerlos sentir que pueden confiar en tu honestidad y transparencia porque tú eres uno de ellos. Porque tienes las mismas dudas, las mismas inseguridades y miedos que ellos, con la única diferencia que tú has decidido hacer algo con todo eso que sientes y no tirarte a esperar que pase lo que pase. Debes poder enseñarles que esto es un proceso de aprendizaje para todos y que no existe final triste para esta historia porque, si sale bien el proyecto, tendrán una estupenda oportunidad en sus manos, pero sino, habrán aprendido cosas que seguramente los harán más fuertes, autosuficientes y valientes para emprender un nuevo camino. El cambio es inevitable, Abia, vivimos en un cambio constante, no queremos lo mismo todos los días. ¿O sí? Date cuenta que cuando nos ensañamos con una idea, con un sueño y ponemos todas las energías en lograrlo, lo hacemos, lo alcanzamos, luego ya al otro día, cuando abrimos los ojos queremos otra cosa más, ya cuajamos otro sueño diferente.

Me observa sin hablar, tiene un poco los labios entre abiertos y sé que ahora sí me va a lanzar la pregunta. ¿Quién rayos eres, Brad?

"Tengo que hacer algo. ¡Debo darme prisa! ¿Qué tal si corro y me encierro en el baño?"

No tengo otra opción más que cerrar los ojos y hacer un esfuerzo mayor para mantener la compostura cuando se escucha el ruido. Ahora abro los ojos. Ahí está frente a mí esa forma que parece una ola y que creo que ya adoro, en la que Abia pasa de emoción en emoción y todas se le reflejan en el rostro, en esa piel suave.

Tiene la silueta de los ojos redonda, un gesto que ya he aprendido a descifrarlo como de incredulidad.

Cierra la boca.

Estoy a punto de mearme encima, por mi madre que me voy a mear.

Deja escapar un poco de aire.

¡Por Dios! ¿Por qué siento que quiero robarle un beso?

Hace una mueca que le retuerce la boca entera.

Vuelve a dejar escapar más aire.

—¿Eso fue un peo? —finalmente pregunta y yo exploto en risas.

—Eso es natural —le digo casi sin poder hablar.

—¡Eso es ser un puerco, Brad! —me lanza un codazo y se va lejos de mí.

¿Qué?

De alguna manera tenía que librarme de esa.

capítulo 19

BRAD

Hay gente que cuenta anécdotas de la infancia para romper el hielo, a nosotros nos hizo falta un peo intencional y un orgasmo involuntario. ¡Qué manera! La interacción entre nosotros en estos días es más relajada. Aunque confieso que la tensión silenciosa, la que me hala hacia ella y me empuja de vuelta a mi lugar cuando estoy a punto de caer, esa… esa sigue creciendo.

Hace unos días me quité el abrigo. No pienso grabar nada más. Creo que con lo que tengo y las tomas que Theo capturó son suficiente para hacer el vídeo. La intención de todo esto es mostrarle al mundo que sí existen corazones nobles todavía. A veces me siento a pensar si Abia podrá entender mi propósito cuando le diga la verdad.

Ojalá…

Ojalá...

En estos días hemos pasado mucho tiempo juntos. No ha sido de la manera que casi deliro, en volver a tener sus pies entre mis manos, pero ha sido de una que me ha permitido conocerla mucho más. Estoy seguro que con toda intención hemos evitado el contacto físico. Llevo una semana ayudando a Abia con su proyecto. Cada vez con mayor frecuencia me mira de esa forma, desde la esquina del ojo con la ceja arrugada. No acaba de preguntarme quién diablos soy. Hoy estuvimos revisando junto a Torres la propuesta formal que presentarán a sus compañeros en unas horas. El hombre se fue hace un rato con la primera sonrisa que le veo desde que lo conocí, se nota que está satisfecho con el trabajo que han logrado.

Abia ordena las copias de la propuesta que le entregará mañana a la audiencia. Tiene el pelo alborotado y todavía lleva una parte recogida en una dona atravesada con un lápiz. Hace una pausa, se recuesta de la mesa mientras se soba la espalda baja.

—Vete a dormir, yo termino eso —le digo.

—No falta mucho.

Continúa organizando los papeles y cuando pone el último en la estiba cierra las carpetas, las comienza a colocar una encima de la otra formando una gran torre, que casi le cubre de la cintura hacia arriba, luego las intenta cargar hasta la sala.

—Yo te ayudo —le digo e intento agarrar las carpetas.

—Lo tengo, gracias. —Se le deslizan dos carpetas y aterrizan en el piso cuando hace un gesto brusco alejándolas de mí.

—Que yo te ayudo, Abia —vuelvo a decirle cuando recojo los documentos caídos y no creo que lo haya hecho de buena manera. También estoy cansado.

—¡No, Brad, te dije que yo puedo sola!

Parece una chiquilla engreída.

—¿Por qué no puedes aceptar mi ayuda? Es una simple ayuda, demonios. —Definitivamente estoy muy cansado. Quiero disculparme pero ella no me deja.

—Porque esto está mal —oigo temblor en su voz, enseguida siento que me tiembla el pecho.

—¿De qué hablas? —pregunto con más calma.

—De eso, Brad. —Señala las carpetas que todavía tengo en las manos, camina hacia la mesa pequeña junto al sofá y deja las que todavía carga allí encima—. ¿Qué voy hacer cuando no estés para ayudarme? —dice todavía de espaldas a mí.

¡Qué ganas siento de encerrarla en un abrazo y decirle que quiero estar aquí siempre para ella!

—Vas a estar bien, van a estar bien —le digo.

Le noto un leve temblor en los hombros. Me quedo donde mismo estoy, a unos pasos de distancia esperando que ella corra a encerrarse en el cuarto pero eso no pasa. Entonces, camino frente a Abia y cuando con mi mano en su quijada me atrevo a levantarle la cabeza, veo miedo en las lágrimas que le corren por las mejillas.

Me atrevo a encerrarla en el abrazo que llevo formando para ella desde el día que la vi llorar por primera vez en el parque, descanso mi barbilla sobre su cabeza y no puedo evitar pensar que estar así con ella se siente demasiado bien.

—Aquí estoy, yo Brad, el puerco —*"aquí estaré siempre*

que quieras, Abia".

Logro convertirle el llanto en risa. La tengo aferrada a mí y no quiero despegarme ni un instante, espero porque sea ella quien comience la retirada.

—¿Quién es de verdad Brad? —la oigo preguntar entre sollozos.

Me trago el repentino sabor amargo de esa pregunta que sé Abia lleva diseñando hace bastantes días dentro de la hermosa cabeza que tengo acurrucada en mi pecho.

Soy yo quien pone punto final al abrazo y la llevo de la mano conmigo hasta el sofá. Merece saber quién es Brad. Abia se limpia la nariz con un pedazo de papel que le acabo de traer de la cocina.

—¿Por dónde empiezo? —pregunto.

No pierde la oportunidad.

—¿Cómo llegaste aquí, a esta isla?

Voy directo sin darle más vueltas al asunto.

—Decidí convertirme en un vagabundo porque tenía un propósito.

Fruñe el ceño.

—¿Te "convertiste" en vagabundo?

Muevo mi cabeza en un sí, espero por su próxima pregunta.

—Y ¿cuál es o era ese propósito?

—Conocerte.

Ahí está ese desfile de emociones en el rostro de Abia.

—Estoy hablando en serio, Brad.

Tenso mis labios.

—Yo también, Abia. —Me froto las manos sobre los muslos para quitarme el sudor—. Yo era un adolescente bastante problemático. Recuerdo el día exacto en que un coraje desconocido se me formó en el pecho, fue el día en que cumplí catorce. Lo que sentía era un coraje con todo y con todos, mi familia, mi hermano, en el colegio, con un extraño... Todo. Unos días después de ese cumpleaños me atreví a ponerle el puño encima a un idiota que se burlaba de mi hermano. Cuando me quitaron de encima de aquel estúpido algo inexplicable para mí en ese momento pasó, ya no tenía el coraje apretándome el pecho, ya podía respirar sin ese apretón incómodo y desesperante. Por varios días pude respirar libremente pero poco a poco ese coraje volvió a acumulárseme otra vez. En esta ocasión fui yo quien inició la bronca. Así pasé mi adolescencia, de ser un muchachito normal a convertirme en el peleón, el más problemático del colegio.

»Me volví una pesadilla para mis padres, especialmente para mi mamá. La pobre mujer ya no encontraba cómo más dar la cara en el colegio. Estuve así de cerca de no graduarme de *high school*. Entonces entre la principal, el trabajador social y mis padres me hicieron la propuesta: o me iba dos meses en un viaje misionero a Centro América o tenía que repetir el último año. No es que tuviera malas calificaciones, era que mi conducta era tan indeseable que el sistema decía que no podían graduarme, que no tenía ese mérito.

Me tomo unos segundos en silencio para seguir trayendo esas memorias a mi cabeza y ponerlas en el orden necesario para que Abia entienda mi historia, mientras tanto, ella me observa y puedo notar por la manera que se muerde un poco el labio superior, que está ansiosa por saber más. Continúo:

—Estuve tres días completos encerrado en mi cuarto

ideando la manera de escaparme, de librarme de ese estúpido viaje y de mi familia de una vez y por todas. ¿Te imaginas? Mis amigos pasarían todo el verano disfrutando en
la playa, preparándose para la nueva vida de universitarios
y a mí me esperaba una selva, con gente descalza y orar el
padrenuestro cada noche. El día antes de que tuviera que
partir papá entró a mi cuarto y me dijo estas palabras «las
oportunidades en la vida pasan frente a ti solo una vez. Eres
privilegiado de poder vivir la vida que tienes, no la des-
perdicies». Cuando se fue, cerró la puerta con seguro, me
conocía muy bien, sabía que esa noche me escaparía, yo ya
lo tenía todo planificado.

»Como mi inclusión en el grupo misionero fue de última hora, no pude participar de las reuniones previas de
orientación y planificación con los líderes y demás volunta-
rios. Me asignaron a trabajar con Steven, el líder de agricul-
tura. —Sonrío porque las memorias con Steven, y todo lo
que me enseñó, vuelan libres en mi cabeza, quisiera poder
contárselas todas. *"Sé que algún día lo haré, Abia, y apuesto a que
se te van a salir las lágrimas y a hasta uno que otro peo de la risa"*—.
Esos dos meses fueron trascendentales en mi vida. Al principio, no entendía cosas tan simples como: ¿por qué no podía
tomar agua cada vez que sentía sed? «Porque las reservas
se agotan», me dijo Steve. Un día bajo un coraje porque
me invadieron las garrapatas por montar un caballo salvaje,
que ya me habían advertido que no lo hiciera...»

—¿Se te pegaron las garrapatas? —me interrumpe
Abia tapándose con una mano la boca que la tiene entreabierta.

—Sí, se me metieron la malditas por debajo de la ropa,
las tenía en todos lados, Abia, en todos lados.

—¿Ahí, tú sabes, ahí también? —se ríe.

Me le acerco un poco para responderle.

—Ahí también.

Veo cuando traga muy lento.

—¿Y qué fue lo que le dijiste a Steven?

En ese momento, cuando escucho su pregunta no sé si calmarme porque es indicio de que está interesada en lo que le cuento o si preocuparme por la curiosidad que se le asoma en los ojos brillantes.

—Le dije lo que cualquiera que hubiese crecido en un mundo desarrollado hubiera dicho. «¿No es más fácil mandar el dinero con la *Cruz Roja* o el *Peace Corps*?» Steve me respondió, «cuando das de comer a un animal, este vuelve por más y al corto tiempo se crea una relación de lealtad-dependencia en la que ese animal daría la vida por quien le alimenta. Cuando enseñas a ese animal a cazar, a generar por él mismo su alimento, se crea una relación de afecto, de agradecimiento pero ese animal, por su necesidad de sentido de comunidad, va a reunirse con los suyos y le enseñará el conocimiento a los más pequeños, a los que ocuparán su lugar cuando crezcan. Nosotros le enseñamos a esta gente cómo ser una comunidad, cómo generar su propio alimento, cómo compartir el conocimiento con las generaciones que crecen. Los enseñamos a ser independientes, no dependientes a auto gestionarse».

»Durante esos dos meses no hubo un solo día que sintiera el coraje en mi pecho. Allí, en El Salvador, me sentía útil, me sentía igual que todas las personas que habitaban en la villa. Aprendí a vivir con lo mínimo, a que la falta de higiene no me cohibiera de acercarme a alguien y regalarle un "buenos días". Aprendí que hay personas que usan drogas no por el mero hecho de irse en un viaje de placer, sino para mandar de viaje al hambre que poco a poco les come la vida. Entendí que mi papá estaba equivocado porque sí existen personas, y muchas, de las cuales las "oportunidades de la vida" no conocen la ruta donde ellos viven y por eso nunca pasan frente a ellos.

»Regresé a los Estados Unidos viendo las cosas de otra manera, queriendo que mi vida fuera de una forma diferente a la abundancia que estaba acostumbrado. Decidí no ser parte de la cultura del consumismo, del quién tiene más, de los lujos innecesarios en los que crecí porque mi padre había dejado el lomo trabajando para darnos todo. Vivo agradecido del "castigo" que me dieron aquel verano. Estudié educación y economía en la universidad, cada verano me aventuraba a una nueva misión en un nuevo país y desde que me gradué he estado por el mundo haciendo lo que me apasiona, enseñar.»

La veo en silencio.

Me mira a los ojos sin parpadear, sin una sonrisa que me diga que todo está bien, sin una mueca torcida que me diga que lo siguiente que hará será mandarme al carajo.

Comienzo a desesperar.

—Dime algo, Abia.

Separa los labios y entonces sí creo que hablará. Falsa alarma, los vuelve a cerrar.

—¿Estás enojada?

—¿Por qué me hiciste creer que eras un mendigo?

—Sí.

Resopla.

—Algo de enojo debo tener por ahí y algún día, cuando menos te lo esperes lo dejo salir, Brad.

—Me parece justo.

Vuelve a callar y yo a desesperar.

—¿Cómo haces esto?

—¿Qué, Abia, hago qué?

—Inspirarme. Hacerme sentir que lo que hago, el proyecto del Centro y la cooperativa es lo correcto.

Encojo mis hombros. Y estoy listo para decirle quién soy en realidad y cómo las cosas de la vida nos cruzaron los caminos y cuánto deseo que me permita seguir en su vida, seguir inspirándola porque siento que ella es también mi inspiración.

—Desde pequeña siempre quise ser de todo. No tienes ni idea. Fui: judoca, basquetbolista, escultora, costurera, espía, actriz, cocinera —sonríe— de todo. Siempre empezaba algo con entusiasmo, con la certeza de que para eso sí era que había nacido. Siempre me quedaba a mitad de camino. Yo no cumplía mis sueños, de los que hablaste el otro día, simplemente me cambiaban a mitad de camino. Terminé los estudios por papá y no es que no me gustara estudiar, sino que siempre como que a mitad de todo se me gasta el combustible, como que me quedo sin fuerza y entonces ya un día me levanto pensando que no seré la mejor en eso que hago, que soy una del montón y ya no quiero dedicar mi tiempo en eso. Una de las cosas que más admiro de Tommy es su seguridad en lo que quiere hacer en la vida.

Al instante que la escucho decir ese nombre siento algo que hierve en mi estómago. No sé qué me pasa si ni tan siquiera conozco al tipo ni sé cómo es. Debe ser un *nerd* con cara de bobo.

—En secundaria me dijo que quería ser profesor de historia y míralo, ya está haciendo su doctorado. También admiro eso de mi papá, pone una pasión tan grande en lo que hace. Él es arquitecto, en cada diseño que crea hay perfección.

Estoy totalmente de acuerdo con Abia porque en estos momentos no creo que haya cosa más perfecta en la naturaleza que ella.

—Bruta no soy —sonríe y yo también— porque no cualquiera se gradúa con mi promedio de *MIT* —presume y me encanta como se le achican todavía más los ojos— pero diseñar grandes estructuras vacías de conciencia no es lo mío. Tan solo si papá entendiera que yo no quiero ser famosa, no quiero distinguirme de los demás, yo quiero ser lo que soy, uno de ellos que trabaja para vivir, que el tiempo me sea suficiente para sentarme en mi banco del parque por diez minutos al día y perderme en la maravilla del tiempo, de la nada. A mí me gusta servir, Brad, no le veo nada malo a eso. Me gusta ayudar a la gente a resolver sus problemas por más insignificantes que sean: un cable de computadora desconectado, un microondas que se le funde la bombilla, el cable tv que no le sirve a la señora en medio del huracán, tú sabes, esas cosas insignificantes que pueden "acabar" con la vida de alguien.

»Con esto de la cooperativa, por primera vez siento una seguridad de que estoy haciendo lo correcto, no sé si esa es mi oportunidad, la gran oportunidad de mi vida, la que dice tu papá que le pasa a uno por enfrente, pero quiero y siento que debo dar el máximo. Estoy segura que vamos a lograr convencer al dueño de que nos venda el Centro. Aquí no me voy a quedar sin combustible porque el combustible que necesito lo llevo creciendo en la panza.»

No puedo hacerlo, no puedo decirle, que quien la ha ayudado a trabajar su gran proyecto, quien la inspira, quien se está enamorado locamente de ella, está justo frente a ella en estos momentos viendo pasar la oportunidad de su vida en el amor para darle paso a lo que sabe es la gran oportunidad de la vida de ella, el Centro, su Centro.

Puedo seguir diciéndole quién soy, pero no será lo mismo, no quiero desconcentrar sus energías en lograr lo que desea. Si Abia se entera en estos momentos que soy el dueño de CS pensará que su trabajo ha sido en vano que cuando acceda a vendérselos no será por el excelente plan que han creado, sino por cualquier otro motivo.

—¿Hace cuánto no se hablan ustedes? —pregunto—. Tu papá y tú —aclaro.

No le toma mucho hacer la conexión mental.

—Imagino qué Teresa te dijo.

Le digo que sí y entonces Abia me cuenta su versión de la historia.

Es increíble cómo los mismos sucesos pueden interpretarse de maneras diferentes. La versión que tengo de la boca de Teresa tiene matices diferentes a la que Abia me cuenta. Ella está molesta con su padre porque no puede entender que ella es quien es, que no es lo que él quiere que ella sea. Su padre está molesto porque ella quebró la confianza entre ellos. Desde donde estoy sentado en el sofá ambos tienen razón pero también ambos se equivocan.

—Deberías aceptar la invitación, es una buena oportunidad para subsanar la situación. Ahora tienes un motivo de peso para reconectar con él —le digo atreviéndome a descansar mi mano sobre su vientre.

Abia sonríe con debilidad, pone su mano sobre la mía, ejerce presión la que yo interpreto como una caricia y luego se levanta.

—Puedes seguir siendo mi *roommate* por el tiempo que dure tu proyecto.

—¿No quieres saber de qué se trata?

—En otra ocasión, estoy segura que no le harás daño a nadie con tu proyecto. Descansa, Brad, es tarde.

La veo caminar hacia el cuarto y encerrarse.

capítulo 20

ABIA

En vez de estar repasando la presentación de esta noche, me la he pasado pensando en Brad, repasando cada momento que hemos compartido desde el primer día que lo vi en el parque. Yo sabía que él no era un simple hombre sin casa, sabía que era alguien más. Su manera de hablar, de acercarse a las situaciones me decía algo más. Me vi tentada a escuchar más de su proyecto pero preferí quedarme con las dudas que permanecer más tiempo junto a él en el sofá, conocer todavía más de él esa noche y abrir la puerta de un camino que sé imposible entre nosotros.

La forma en que me mira, siento que es la misma que lo debo estar mirando yo. Soy tan ilusa que hasta he llegado a pensar que cuando nos quedamos sin palabras, sin nada que decir, suspiramos a la vez. De momento quisiera tener otra vida, estar en otras circunstancias, no haber escrito en aquella lista "borrar cinta" y así evitarme aquella noche con

Tommy, pero me invade la culpa porque esto que crece en mí siento que es un milagro, que es lo que importa y también pienso en Brad. ¿Por qué solo quiero llegar a casa y encontrarlo allí?

A la hora del almuerzo Tita se sienta en mi mesa, lleva solo su *cooler* y en él el té verde. En toda la mañana se limitó a decirme «hola», nada más.

—Buen provecho —dice.

—Gracias —le respondo bajito.

—¿Estás lista para esta noche?

—Eso creo. —Sonrío un poco y me pregunto, ¿de dónde le sale el ánimo que no tuvo en toda la mañana para hablarme?

La veo desistir del sorbo que iba a dar.

—Abia…

—Esa soy yo, Tita.

—Lo siento. Si no muestro el entusiasmo que tal vez tú esperabas es porque me preocupo por ti. No me importa con quién te acuestas, no me importa qué nombre le pongas a tu bebé, solo quiero saber que estarás bien —toma un poco de té—. Ser madre soltera no es algo fácil, yo crecí viendo cómo mi mamá dejó el pellejo criando a cuatro muchachitos sola —coloca su mano sobre la mía—. Solo quiero que estés bien.

Cuando cierro los ojos para contener el sentimiento que me invade, siento el calor de los brazos de Brad sobre mi espalda y escucho su voz en mi mente: «Vas a estar bien, van a estar bien».

Sonrío.

Pongo mi otra mano sobre la de Tita.

—Voy a estar bien, Tita, vamos a estar bien.

La reunión con los compañeros tuvo lugar según lo planificado, a las ocho de la noche ya estaba todo el mundo en mi departamento, todos menos Brad. Me dijo Tita que David la llamó para decirle que por favor me diera el recado que tuvo que doblar turno en el café. Y por supuesto que el servicio de mensajería de Tita vino acompañado de toda clase de insinuaciones silenciosas; en sus ojos, con la boca torcida por una sonrisa y un comentario fuera de lugar, «es lindo ese Brad».

Torres y yo presentamos el plan para formar la cooperativa y, a través de esta, adquirir el Centro. Entre unas consultas que había realizado Torres y otros cálculos, estimamos que el dueño podría aceptar una oferta donde le diéramos quinientos mil dólares en un primer pago y luego liquidáramos los tres millones restantes en pagos mensuales por tres años consecutivos. La idea de la compra a plazos fue de Brad y no me pareció descabellada, aunque desde el inicio tengo mis dudas si el dueño la vaya a aceptar. Cuando uno quiere vender algo es porque quiere el dinero al instante. ¿Por qué razón accedería este extraño a vendernos el Centro a plazos cuando es tan fácil aceptar una oferta de alguien que tenga todo el dinero en mano?

—Si nos aplicamos el principio cooperativista esto significa que cada uno de nosotros debe aportar veinticinco mil dólares para poder llegar a los quinientos mil —le digo al grupo y en seguida se escuchan murmullos.

—Eso es demasiado —dice la señora Pérez que es soltera y cuida de sus padres ancianos.

—Imposible para mí —comenta Rivera, un hombre de

más de sesenta años que lleva trabajando veinte en el centro, desde que era un centro de operaciones de beepers.

—No se precipiten —advierte Torres y se arregla los lentes—. No tienen que responder ahora mismo, tómense su tiempo, analicen las opciones que tienen.

—¿Cuándo hay que responder? —se escucha la pregunta.

—Dos semanas —les digo.

Al marchase todos me siento en el sofá de Brad. Estoy repasando lo mucho o poco que conozco de cada uno de los compañeros a los que hemos invitado a formar parte del proyecto. Torres los conoce mejor que yo, sabe muy bien las cualidades de cada uno y la razón por la que le extendió la invitación. Y yo... yo pues aquí dejando que los conceptos preconcebidos que tengo de ellos me hablen. ¿Qué más puedo hacer ante la incertidumbre? Las sumas y restas no mienten, solo me enseñan la realidad. No hay manera que podamos acumular quinientos mil dólares en dos semanas.

No tengo ni idea de dónde me nacen las ganas pero necesito dibujar, siempre tener un lápiz entre mis dedos me ha servido de terapia para los momentos de ansiedad. Desde que me mudé aquí no dibujo, me olvidé de los diseños arquitectónicos que tanto rechazo recibieron. Voy al armario donde tengo mis cosas de diseño guardadas, de donde estoy segura Brad sacó las guirnaldas de Navidad. De una caja plástica agarro una libreta de dibujo, cuando escarbo más a fondo entre libros, pinturas y más libros, por los lápices de carboncillo, encuentro el sobre blanco que papá me entregó el día que me botó como bolsa de basura de su casa. Está un poco sucio y aunque lo había colocado en una pequeña envoltura plástica transparente, la humedad le ha manchado los bordes de un color amarillento. Me lo llevo conmigo hasta el cuarto y allí sentada en la cama saco la carta que me sé de memoria, de todos modos la leo porque me gusta recordar la forma de la escritura de mi abuela e imaginar que es su voz con un acento peculiar quien me habla:

Adorada Abia,

Desde que tu madre era una niña supe que el propósito en su vida era hacer algo maravilloso, crear algo único. Aunque jamás imaginé que se nos fuera de este mundo tan temprano, y mucho menos en la manera que sucedió, no me equivoqué en cuál era su propósito. Tú eres el mejor regalo que mi hija me haya podido dejar, tú eres la máxima creación que ella pudiera diseñar con su amor. Si estás leyendo esta carta es por una de dos razones, porque tu papá no siguió mis instrucciones y te la dio antes de tiempo o porque ya partí a encontrarme con tu madre, mi adorada hija. Esto que te dejo no es mucho, este dinero espero que sepas utilizarlo bien, en algo que hubiese enorgullecido a tu madre. Sé feliz, querida Abia, porque la felicidad es el mayor tesoro que podamos encontrar mientras tenemos vida.

Hice lo que mi abuela materna me pidió. Cuando papá me botó de la casa él estaba trabajando en la reconstrucción de este edificio donde ahora vivo. Es un homenaje a mi madre y por eso usé todo el dinero que me heredó la abuela para comprar este lugar. En un principio Papá no quiso vendérmelo, luego no pudo poner mayores peros porque yo tenía todo el dinero en mano y eso era lo que le importaba a los inversionistas del proyecto.

Este lugar es grande, bastante, es moderno y antiguo a la misma vez, en él respiro paz, en él siento que mamá todavía me acompaña. No tengo dinero para comprar muebles ni artículos de decoración a la altura de lo que se merece esta obra de arte, me quedé sin nada en el banco, puse hasta el último centavo para comprarlo, pero este lugar es mío, es parte de mi felicidad de eso estoy segura, de lo que no estoy segura es de si mamá estará orgullosa de mí.

capítulo 21

ABIA

En la Nochebuena llegamos en taxi a mi antiguo hogar, lo hacemos cuarenta y cinco minutos más tarde de la hora que indicaba la invitación oficial que me entregó Teresa. Dos veces me quité la ropa y me tiré de vuelta en la cama. Estoy aquí por la insistencia de Brad y le advertí, que sea lo que sea que pase esta noche, es toda su culpa.

El departamento de papá se ubica frente a la playa, en Isla Verde, otra de las zonas turísticas del área Metropolitana, en un edificio de forma cóncava que tiene en su interior jardines colgantes con plantas naturales. Recuerdo a Octavio, el hombre que se encargaba de cuidar ese jardín (no sé si aún lo hace), siempre tenía un nuevo chiste para mí por las mañanas. También recuerdo lo mucho que Tommy y yo disfrutamos atrapando grillos en el parque y después echándoselos a las plantas del jardín. Siempre supo que éramos nosotros los de la travesura y nunca nos lo dijo ni nos llamó la atención. Una mañana de verano, al salir temprano para la oficina, papá encontró un vaso plástico al revés frente a la puerta del departamento y en su interior casi una docena de grillos. Papá me hizo perseguir cada grillo que salió huyendo cuando sin querer él le dio con el zapato al vaso. Estuve todo el día (yo solita) cazando insectos saltarines y viéndole la sonrisa de venganza en la cara a don Octavio.

Durante el trayecto me he limitado a escuchar a Brad decirme palabras de apoyo; que mantuviera la calma, que todo iba a salir bien, que era la oportunidad perfecta para limar cualquier aspereza con papá. No le creo una sola palabra.

—Sabes que esta noche va a ser un desastre, una mierda —le digo.

—Sí, ¿y qué? —responde sacudiendo los hombros.

El solo sentir por un breve instante su mano sobre mi muslo es suficiente para calmar la ansiedad e intentar pensar positivo, ya me estoy acostumbrando a eso, a Brad y sé que no debo.

Ante los ojos incrédulos de él, intenté sabotear tres veces el ascensor. La última vez apreté el botón rojo pero cuando una voz anunció que enseguida llamaría al 911, desistí de mi último intento de escape. Fue Brad quien avisó por el intercomunicador que había sido un malentendido.

«Cobarde», fue lo último que me dijo antes que la puerta del *penthouse* 1201 abriera.

Así pues, si se puede decir "a la fuerza", aquí estoy frente a Andrés De Luna después de cuatro años. No esperaba que fuera él quien abriera la puerta. Está más delgado. No luce enfermo, sino que delgado así como cuando te enamoras y buscas lucir mejor, así como me gustaría lucir frente a Brad en estos momentos si no tuviera en mi barriguita a mi renacuajo. Me muerdo las ganas de reír cuando no encuentro ninguna de las canas que sé viven en su cabeza. *"Eso tiene que ser también obra de Teresa."* Quiero abrazarlo, cruzo las manos en mi espalda. Teresa aparece junto a él y es quien primero nos saluda.

—Qué alegría que vinieras —mira a Brad—, que vinieran —corrige y le extiende la mano. Luego me contempla de arriba a abajo y dice—: Estás linda, Abia.

Sus palabras se sienten bien en mi pecho. Papá me mira la panza.

—Supongo que debo decir felicitaciones —le expresa a Brad, quien de seguro tiene que haber notado cómo contuve el aliento.

—Gracias —responde a la vez que me quita forcejeando en mi espalda la botella de vino que cargo y se la entrega a papá. Luego, vuelve a mi espalda, entrelaza unos dedos con los míos y me obliga a relajarme—, felicitaciones para usted también, señor —completa.

Veo la cara de papá que se relaja un poco.

"Oh, no, no. Este no era el plan. ¿Por qué haces esto, Brad?"

Mientras vamos caminando hasta la estancia, noto al instante que la decoración ha cambiado. Estoy segura que todo es obra de Teresa. La casa está linda, tiene un toque femenino, delicado, uno que papá no sería capaz de crear. Hay flores naturales en cada esquina, el color blanco predomina y los toques de verde manzana invitan a quedarse en este lugar.

—Apenas comenzamos a cenar —anuncia Teresa dirigiéndonos al comedor. Es otra manera de decirnos que estamos tarde.

Pongo el freno en mis piernas en el momento que veo al padre de Tommy y su esposa sentados a la mesa. No sabía que habría más invitados. Desde el principio pensé que esto era una cena familiar, un intento de reconciliación. *"Bueno, Abia, ahora todos sí son familia."*

Fernando y Andrea, los abuelos paternos de mi bebé, se ponen de pie al instante que me ven. Como todo el que no me ha visto en algunos meses, me miran la barriga.

—¡Felicitaciones! —me dicen, nos dicen, porque extienden el saludo en una sola voz a Brad y yo sigo parada junto a él con las ganas que tengo de decirles «igual».

Sería bueno preguntarle por Tommy, hace semanas que no hace el intento de una llamada o un email.

La mesa está servida, huele rico. Hay seis puestos, papá y Teresa ocupan los principales a cada extremo de la mesa, nos sentamos en los espacios vacíos frente al matrimonio. No tengo hambre. Debo disimular. Pongo en mi plato solo un poco de cada cosa que me pasa Teresa, no he visto a Ada, pero sé que esta comida es obra de ella porque así huele.

—¿Cuántos meses tienes, Abia? —no tarda la mamá de Tommy en preguntar.

—Cuatro, más o menos.

—¿Ya sabes qué es?

Parece que no captó el mensaje cuando le respondí la pregunta anterior con pocas palabras.

—Un varón —se me adelanta Brad en responder. Hace solo dos días nos enteramos, Brad me acompañó a la ecografía. Me atreví a invitarlo en un impulso que no pude controlar y con el mismo impulso dijo que sí sin pensar.

—Deben estar muy emocionados —entra Teresa a la conversación—. Imagínate, Andrés, un varoncito para que el apellido De Luna no muera.

No, qué va, si el apellido De Luna no va a morir, la que morirá soy yo y de seguro alguien más antes que acabe esta noche. No puedo con las pretensiones. No nací para ellas, Andrés De Luna no me crió para pretender. Papá y yo nos miramos, sé que quiere decirme tantas cosas como yo a él.

—¿Dónde impartes clases, Abia?

Mi padre me toma por sorpresa. Qué destreza para siempre hacerlo. Lo miro y me quedo callada unos segundos en lo que rebobino en mi cabeza sus palabras, su intención detrás de ellas.

—No doy clases —me río con una de esas sonrisas plásticas—. Trabajo como representante de servicio al cliente.

Le veo la mirada que se le va a los platos encima de la mesa, como si le diera vergüenza. Esto ha sido peor que si me dijera «te lo dije, Abia».

—Tu cara me es familiar —le dice Teresa a Brad y no siento ninguna intención camuflada bajo sus palabras, lo que sí siento es su intento de sacar del hoyo lleno de vergüenza a mi papá, del que él mismo se ha metido.

—¿Te gusta el café? —indaga Brad con una sonrisa.

—Sí —le responde Teresa.

Sigue Brad su interrogatorio.

—¿Starbucks?

—Mi preferido, lo adoro —le confiesa la mujer y yo no dejo de mirar a mi padre.

—Pues, tal vez, ahí es que me has visto, trabajo en el de Condado.

Me levanto sin señal de modales, la silla creo que cae porque escucho un ruido fuerte detrás de mí. Llevo la sangre que hierve tan fuerte que me olvido de que estoy en una casa que ahora es ajena, que es Nochebuena y que lo que estoy a punto de decir le puede causar un ataque al corazón a cualquiera de los que están en esta habitación.

—¿Por qué no puedes entender? —le digo a papá a la misma vez que lanzo la servilleta de tela sobre la mesa.

Siento una mano en la cintura y creo que es Brad que intenta frenarme.

—No, no logro entender. —Él sabe muy claro a qué me refiero—. ¿Por qué no me lo explicas, Abia? —pregunta papá proyectando una calma que sé es irreal.

—No trabajo dando clases en ninguna universidad, creo que nunca lo haré. Trabajo hace cuatro años en un centro de servicio al cliente donde gano el mínimo, donde no tengo seguro médico, donde todo lo que estudié en *MIT* y *Harvard* no me sirven ni para limpiarme el culo. —Cuando digo culo, silencio sepulcral en el comedor. Siento la mano de Brad que se desliza sin fuerza por mi cintura y caderas. Creo que se dio por vencido—. Felicítame, papá, seré madre soltera. Este hombre que ves aquí, el que le sirve el café que tanto Teresa adora, no es el padre de tu nieto, hasta hace solo poco más de un mes vivía en la calle. Ahora vive conmigo, es mi amigo y gracias a él estoy aquí diciéndote todo esto, arruinándote la celebración. Vamos, Brad.

Espero que se levante y tengo el corazón a millón.

—Señores —se despide—, sabía que la velada terminaría algo revuelta… pero no pensé a qué nivel. Lo siento
—dice mirando en dirección de Teresa.

Y ahora me despido yo:

—Fernando, Andrea, felicitaciones a ustedes también,
díganle a Tommy que lo necesito en cinco meses para que
firme su apellido en el Registro Demográfico. Después de
todo el apellido De Luna no será el único que se perpetúe
una generación más.

capítulo 22

BRAD

Abia tenía razón, la noche terminó de mierda. Creo que sigo subestimando a esta chica. A veces por algo insignificante convoca la corte marcial de los dioses, otras cuando de verdad crees que la hará en grande, no pasa nada. No sé con exactitud hasta dónde llega mi culpa, si se limita a haberle insistido en ir a la cena o se extiende al hecho de haber pretendido ser su pareja. Recibo el castigo del silencio de regreso al departamento. Hago el intento de entablar una conversación pero parece que es imposible. Le ofrezco ir a comer algo, recuerdo que no había dado casi bocado en el poco tiempo que estuvimos sentados en la mesa, cuando el señor De Luna me miraba raro.

—¿Pizza? —pregunto.

—Demasiado sodio —responde sin voltear hacia mí.

—¿Helado? —Intento otra vez.

—Mucha azúcar. —Parece que habla con el cristal del

auto.

—¿Café?

—Cafeína a esta hora no es conveniente.

El taxi se detiene frente a su edificio, ella abre la puerta, se baja y me deja con la cuenta. Entonces, entiendo que lo que quiere es estar sola. Me fui al banco de Abia a pensar, estuve allí por diez minutos pero no pasó nada, la claridad no me invocaba. De un pensamiento al otro ya estaba caminando por el parque, entonces el camino me llevó de regreso a otro lugar, intentando de alguna manera desenredar un poco los hechos que creo yo mismo enredé.

Es pasada media noche, estoy de regreso al departamento, Abia parece estar ya dormida, desde la calle las luces se ven apagadas. Cuando abro la puerta mi reacción es casi simultanea, veo la vela sobre la mesa del comedor encendida y...

¡Achuá!

¡Achuá!

"¡Maldito pacholí!"

Abia enciende la luz de la mesa pequeña al lado del sofá y se levanta. Estrujándose los ojos camina hasta el comedor y de un soplo apaga la vela.

—Lo siento —encoje los hombros— era la única manera de saber cuando llegaras.

—Ya estoy aquí, vete a dormir. —Se ve cansada y es tarde.

Se lleva las manos del pecho a la barriga y de la barriga al pecho.

—Lo siento, Brad —deja escapar un resoplido.

Paso por su lado sin detenerme, voy hasta la cocina porque sigo estornudando, sirvo agua en un vaso y cuando voy a buscar en el cajón de siempre la pastilla para la alergia, me encuentro con la mano de Abia y en ella una pastilla.

—No es conmigo con quien debes disculparte.

Me tomo la medicina y sigo de largo hasta el baño.

La siento caminar detrás de mí.

—Creo que sí te debo una disculpa —dice pegada a la puerta que acabo de cerrar.

Abro la puerta solo un poco y por la rendija le digo:

—¿Sería mucho pedirte unos minutos de privacidad?

Se le desinfla el pecho.

—Lo siento —vuelve a decir pero no sé si se refiere a la privacidad que le pedí o la conversación que llevábamos antes de que yo entrara al baño.

Nos quedamos en silencio esos minutos que le pedí, luego mientras todavía estoy encerrado en el baño lavándome las manos le digo:

—No, no es necesario.

—¡¿Qué?! —la oigo preguntar.

—Que te disculpes —le respondo abriendo la puerta y reacciono agarrándola porque por poco se cae cuando la abrí.

—Sí, sí lo es.

—A ver ¿por qué te vas a disculpar, Abia?

—Porque siento que te ofendí con lo que dije.

—¿Por qué me ofendería la verdad? Soy un extraño ¿o no?

"No es ofendido como me siento, Abia, es... es... es que no sé cómo describir este sentimiento y tú no tienes la menor culpa de él."

—Si no estás ofendido, ¿por qué estás molesto?

—¿Quién dijo que lo estoy?

—Tú mismo, como me hablas.

—¿Cómo te hablo? Dime, ¿cómo es que te habla el Brad molesto?

—Cortante.

—¿Qué es peor, Abia, hablar cortante cuando se está molesto o comportase como una niña?

—Ves que sí estás molesto.

—Sí, lo estoy —aprieto la quijada porque no quiero decirle a esta hora todo lo que quiero—, ahora si no te importa, quiero dormir el enojo.

Tiro algunos cojines del mueble al piso.

Abia se sienta en el mismo medio del sofá y trepa los pies en la mesa de centro.

—¿Por qué estás molesto si dije que lo siento?

—Porque a veces un "lo siento" no es suficiente —le digo y me siento en la mesa después de sacarle los pies de ella encima.

—¿Qué tal un "perdón"?

—¿Qué tal comportarse como una mujer adulta y enfrentar las cosas tal como son? —Estoy otra vez de pie—. ¿Qué tal dejar de suponer y jugar a que adivinas lo que los demás piensan y sienten? ¿Qué tal si acabas por aceptar lo que eres, quién eres? ¿Qué tal si, al igual que te desvives por escuchar todos los días a tus clientes, dedicas aunque sea la mitad de ese entusiasmo a escuchar a la gente que le importas, que te importa?

—Anda, Brad, tú que parece que todo lo sabes, dime quién soy, dime qué soy.

No quiero seguir esta conversación porque siento que no nos llevará a nada.

—Es tarde, Abia, ve a dormir.

—No me avergüenzo de mí, si eso es lo que piensas. —Se pone de pie.

—Pues demuéstralo.

—Y tú, ¿te avergüenzas de mí, Brad?

Me acerco hasta acortar a solo un par de pulgadas el espacio entre nosotros.

—Lo único que voy a decirte por lo que resta de esta noche es que no me importa si tú te avergüenzas de ti o no, tampoco si lo haces de mí o no. —Me atrevo a agarrarle un mechón de pelo, lo acaricio despacio y siento como merma un poco la rabia que llevo dentro—. Yo no me avergüenzo de mí, de quién soy, de quién me rodea. Eso es lo que me importa y lo que debería importarte, Abia.

Se queda en silencio mordiéndose los labios y en ellos una efímera sonrisa aparece mientras inicia su paso hacia el cuarto. Ahí va de nuevo la niña a encerrarse, quiero decirle pero me callo.

—¿Sabes? Yo tampoco me avergüenzo de mí, Brad.

—Si de verdad no te avergonzaras, te hubieras ahorrado la escena esta noche.

—No es eso, es que…

La interrumpo.

—Te dije que no me importa, Abia.

Y me convierto en el mentiroso más mentiroso de la historia porque sí, sí me importa saber que no sienta vergüenza de quien es ella, de lo maravillosa que es así con todo y sus listados de cosas peligrosas, la consecuencia, con los vecinos de conducta sexual liberal y sus momentos de berrinches infantiles.

Anoche, cuando me quedé solo, logré dormir el coraje. En la mañana me levanta el olor a café, Abia está en la cocina y yo voy directo al baño. Cuando estoy de regreso al sofá, veo que se acerca, me da dos cantazos en los pies para que le haga espacio y se sienta.

—Feliz Navidad —me dice seria a la misma vez que me entrega una caja envuelta en papel de regalo plateado con una moña roja.

Agarro la caja y la coloco a un lado, me doblo un poco, lo suficiente para alcanzar con mi mano el regalo que llevo días guardando debajo del mueble.

—Feliz Navidad, Abia.

Es curioso pero la tensión con la que nos fuimos a dormir anoche ya no está.

Por más que ella intenta no puede contener la sonrisa que poco a poco se le va dibujando en los labios. Me da las gracias al momento que agarra la caja que le entrego, que es un poco más pequeña que la que ella me dio.

—Tú primero, Brad, abre tu regalo primero.

—Damas primero —insisto sin mucha necesidad porque la curiosidad la hace remover el papel casi de un tirón.

Cuando Abia ve el libro que le he comprado se queda en silencio leyendo el título.

—Lo pequeño es hermoso —dice en voz alta y me agradece.

Me quedo deseando que me de ese abrazo que sé tiene en los brazos para mí.

—Te toca, vamos, abre el tuyo —insiste.

Voy poco a poco separando cada pedazo de cinta adhesiva que sujeta el papel y es asombroso como a la misma vez voy sintiendo cómo aumenta el nivel de desespero en Abia.

—¡Ábrelo ya!

Termino por desgarrar la envoltura que queda y destapo la caja. Adentro hay solo un pequeño papel y en el una nota que dice: "Este certificado es válido por un mes de renta gratis en el 300 del edificio Mi-Cha. Esta oferta no es redimible en ningún otro lugar y no puede combinarse con ninguna otra oferta."

Cuando entro en razón me doy cuenta que tengo a Abia en mis brazos y la aprieto con fuerza. No pude contener la emoción de saber que ella no quiere que me vaya porque yo no quiero irme de aquí.

—Aunque sé que no debo decir "lo siento", siento lo de anoche, Brad, tengo demasiado en la cabeza en estos días.

La libero del abrazo porque es lo más cuerdo que debo hacer.

—Cuando me siento así, me desconecto —le digo—, me voy lejos —me llega una idea—. He escuchado que Culebra es un lugar hermoso.

—Dicen que despedir el año allí, en la playa es algo fuera de este mundo.

En segundos ya tengo los planes trazados en mi cabeza.

—No se diga más, nos vamos para Culebra, tú y yo y

el renacuajo.

"Dios, cuánto adoro verla reír."

capítulo 23

ABIA

Estoy en el cuarto terminando de poner en la mochila un par de cosas que pudiera necesitar. La idea de un fin de semana de "aventura" con Brad me hace mucha ilusión. La otra noche, luego de la discusión con él, me puse a pensar, a analizar mi comportamiento, mi reacción en la cena. Aunque me moleste aceptarlo, por ratos, tiendo a pensar que él tiene razón, si de verdad no me avergonzara de mí, me importaría poco la manera en que papá me miraba y el tono que encerraban sus palabras. Pero ¿cómo no me va a importar si es mi padre y lo amo y sí me importa lo que piense de mí? No tengo duda que papá me ama, que su coraje poco a poco irá mermando... aunque en estos momentos su ira esté en el punto máximo de todos estos años. No creo que el famoso "robo" sea el causante mayor de su coraje actual.

Es otro el asunto.

Es mi embarazo.

Es Brad.

Es mi vida.

Soy yo.

Me parece escuchar un ¡toc! ¡toc! en la puerta. *"Qué raro"*, pienso porque el timbre de la entrada no sonó. Dejo de empacar por un segundo. No lo vuelvo a escuchar y sigo intentando cerrar la mochila. Cuando logro mover de un lado al otro el cierre, oigo murmullos que se van acercando y escalando en volumen. Voy a toda prisa.

—Tommy —digo al instante que lo veo. No es un saludo, es otra manera de decirle ¿qué carajos haces aquí?

Está parado frente a mí, como siempre, tengo que levantar un poco la cabeza para alcanzar a verlo a la cara, lleva su mirada de mi cara a mi barriga. ¿Será que nunca me había visto esta pijama? No. No. Es un «ver para creer». Cruza la mano izquierda frente a él y en ella apoya la derecha. Brad está a unos pasos detrás del visitante inesperado. Noto, que en efecto tal cual como yo pensaba, es un par de pulgadas más bajo que Tommy.

—Abia —dice Tommy y enseguida puedo leer el entre líneas, «¿qué es esto?»—. Necesito unos minutos a solas —me señala— tú —ahora se señala él— y yo. —Mira a Brad quien nos observa sin hablar, sin ninguna expresión conocida hasta ahora para mí.

Camino hacia Brad sin dejar de observarlo, de escudriñarlo, necesito descubrir qué piensa, cómo este encuentro lo hace sentir. Es inútil, no me muestra nada, es un pedazo de piedra esperando que le diga qué quiero que haga.

Al acercarme siento el calor inusual que emana de su cuerpo.

—Necesito unos minutos —le anuncio bajito.

Escucho el sonido de su garganta cuando traga antes de hablar.

—Estaré en el parque, si me necesitas, solo déjamelo saber por la ventana.

Aferro mi mano en una de sus muñecas.

—Gracias —termino diciendo y lo dejo ir.

Al voltear Tommy sigue de pie en el mismo lugar mirándome con las cejas alzadas, diciéndome tantas cosas en silencio.

—¿Ese es el...? —hace una pausa concediéndome el espacio para que sea yo quien complete sus palabras.

—Brad —anuncio y vuelvo a decir por si no lo escuchó bien—. Es Brad.

—Brad —repite. Vuelve a mirar la novedad en esta Abia que no conocía—. ¿Es cierto?

Le respondo en afirmativo moviendo la cabeza. Lo veo que camina hasta el sofá, se deja caer, descansa los codos sobre las rodillas y la cabeza se le esconde entre las manos. Me dan ganas de decirle que se levante de ahí porque ese sofá es de Brad.

—¿Cuánto tiempo tienes? —pregunta mirando a un punto desconocido.

Levanto abierta mi mano derecha con cuatro dedos hacia él.

—Cuatro —confirma y se estruja la cara con ambas manos.

—Más o menos.

—¿Es que en algún momento pensabas decirme? ¿Por eso no respondes mis correos ni mis llamadas?

No respondo porque no sé qué decir. Solo tengo la voz de Brad en mi cabezota diciéndome: «Te dije, que sí debías decirle».

—¿Sabes, Abia? —Se para de un solo movimiento—. No creo que sea el mejor momento para que uses tu silencio como respuesta.

Me conoce muy bien, sabe que cuando no tengo ni madre de idea de qué decir, callo. Pero hoy no quiero callar, hoy quiero hablar pero no sé si tenga las palabras correctas para esta ocasión. Pienso en Brad, no quiero hacer un berrinche. Creo que el día que me dijo que se iba, sí tenía las palabras pero no las dije y ahora todo es diferente.

—¿Estás enojado? —*"¿Es serio, Abia?"* Me preparo para la avalancha que creo que acabo de provocar.

Frunce el ceño y resopla.

—¡¿Qué?! —Se acerca un paso.

—¿Que si estás enojado? Quiero saber cómo te sientes.

—¿Acaso crees que vine desde Roma hasta aquí para decirte cómo me siento?

—¿Por qué no me respondes? —insisto.

Agita las manos en el aire.

—Porque esto no es uno de tus juegos, de los inventos en los que toda la vida me has metido. Esto es serio, Abia.

—Estoy preguntándote con seriedad, Tommy.

—¡Abia quiere una respuesta! —Siento que se le abre la válvula de escape y comienza la descompresión—. ¿Enojado? ¡No, qué va! —Vuelve a levantar las manos y también la voz—. ¡Estoy feliz, Abia, feliz porque mi mejor amiga me ocultó por cuatro meses lo que llevo temiendo después de nuestra estupidez. ¡Qué voy a ser padre! ¡¡Feliz!!

¡¡¡Feliz carajo!!! —dice todavía más alto.

—Yo también sentí ese tipo de "felicidad" cuando me dijiste lo de la beca y que en menos de veinticuatro horas te ibas.

Ahora soy yo quien habla sentada desde el mueble. Vuelvo a pensar en Brad porque veo que dejó su abrigo colgando de una de las sillas del comedor. Quisiera tener visión laser para poder verlo allá afuera desde aquí, o mejor poder teletransportarme, desaparecer de aquí y aparecer junto a él en *nuestro* banco en el parque.

—¿Así que esto es como una venganza, tu ley del Karma, Abia? Tommy se fue y yo me callo el notición. Algún día se enterará. Oh, si es que me acuerdo decirle. Tal vez, si me digno a escribirle en una tarjeta de Navidad puedo ponerle un «posdata, vas a ser papá». No, tengo otra mejor, Abia, ¿qué tal si me dejabas grabado un mensaje en la contestadora de aquí, algo así como; piiiip, Hola, es Abia, en estos momentos no estoy disponible porque ando escondiéndome de Tommy, deja tu mensaje y te responderé cuando se me antoje. ¡Ah!, Tommy, si eres tú, ¡felicidades, vas a ser papá! Se me olvida que le dije a tus padres la noticia primero que a ti.

—Ese domingo te iba a decir. ¿Para qué demonios piensas que te cité a un desayuno?

—Porque es lo que siempre hacíamos, Abia: desayunar, almorzar, cenar, hablar, caminar en el parque, ir de compras, al cine —baja el tono de la voz y continúa—:, holgazanear...

—Emborracharnos y hacer un hijo —añado dos cosas que se le quedaron fuera de la lista y no puedo ocultar el sarcasmo.

Tommy se sienta a mi lado.

—Emborracharnos y hacer un hijo —repite volviendo a encerrar su cara entre sus manos—. Mierda. ¿Qué hicimos?

—No lo sé, todavía no recuerdo pero parece que sí algo hicimos —aparece la cara de frustración que no me gusta ver en Tommy—. Lo siento —le digo—. No fue mi intención que nada de esto pasara así, de la manera que ha pasado todo. Al principio, cuando me enteré, no sabía qué hacer, cuando me decido a contarte me dices que te vas. ¿Qué iba hacer? ¿De qué valía decirte, Tommy? La beca, esa es la oportunidad de tu vida.

Me pone una mano en la quijada y despacio me hace mirarle.

—Esperaba más de ti, Abia y hubiera pensado que tú también esperaras más de mí.

¡Wao! Me parece tener a papá frente a mí. En todos estos años, en todo lo que hemos vivido, en todos los sermones que Tommy ha tenido que darme, nunca pensé que llegaría a sonar como papá.

—Siento no haber cumplido tus expectativas, pero ¿sabes? yo no tenía un plan de "expectativas de Tommy" para esos casos. Yo no tenía trazada la línea del punto A al punto B.

Siento que me hierve la sangre. Cierro los ojos y respiro despacio. *"Cero berrinche, Abia, escucha lo que él tiene que decirte."* Cuando los abro veo que se queda mirándome, la expresión va cambiándole. Con sus manos me lleva hasta él y me abraza, primero suave y cada vez más fuerte.

Mi cuerpo se relaja.

Cuanto me hacía falta ese abrazo.

—Lo siento, Abia, lo siento. Todavía estoy algo confun-

dido, aturdido por la llamada de papá, la noticia, el viaje...
—vuelve a aferrarse a mí—. Lo siento.

—No hay nada de qué lamentarnos. A lo hecho pecho. ¿Qué le vamos a hacer, preciosura?

Al instante sonríe, como siempre lo ha hecho cuando, de cariño, le llamo así.

—Gracias... —dice.

—¿Por qué?

Pone sus manos temblorosas en mi vientre.

—Tenías una opción más fácil y no fuiste por ella.

Brad vuelve a aparecer en mis pensamientos.

—No me da vergüenza, Tommy, tener un hijo de mi mejor amigo a causa de una noche loca, no me da vergüenza.

Sonríe con los ojos cristalinos.

—Un hijo, Abia, tuyo y mío. ¡Dios! No lo puedo creer. ¡Uf!

Entonces sí, a este punto ya estoy llorando. Tommy me deja llorar un rato en su pecho, se siente tan bien volver a tenerlo cerca, ese sentimiento de compañía que siempre me ha causado su presencia vuelve a aparecer.

De pronto me aparta con rapidez pero todavía sujeta mis hombros.

—¿Quieres que nos casemos? —pregunta con cautela y la frente arrugada.

—¡¿Qué?! ¿Contigo? ¡No, Tommy!

Me vuelve abrazar.

Deja escapar un respiro.

—Tengo que regresar a Italia y resolver varias cosas antes de regresar, puede tomarme unas semanas o tal vez un par de meses, no estoy muy seguro. ¿Necesitas algo? Lo que sea, princesita (así suele llamarme cuando le llamo preciosura), solo dime lo que necesitas.

—Estoy bien, por el momento no me hace falta nada —me quedo pensando en el mes que mencionó y lo de regresar—. ¿Cómo que regresar?

—Volver, acá, a mi casa. ¿Dónde más?

—Pero ¿tu beca, tu doctorado?

—Abia, tú mejor que nadie sabes que las prioridades en la vida cambian, siempre me lo has dicho. Que a veces planificamos el futuro y nos sale al chavo, igualito como queríamos, otras veces no pasa igual. Ahora tengo otra prioridad; ustedes son mi prioridad.

"¿Esperabas menos de él, princesita?" No, no esperaba menos de Tommy, sin embargo, mientras más días pasaban sin que le informara que sería papá, sin que volviera a escuchar su voz, las ideas de lo que podría esperar de él se me desvanecían. Siento un alivio en el pecho y me digo, *"Abia, estúpida, pudiste haberte quitado esa carga de encima hace meses, esa culpa y estrés de ocultarle algo tan importante"*.

Se pone de pie y camina hasta la ventana espía, permanece unos segundos mirando hacia el parque. Le ofrezco algo de tomar ¿agua, jugo? —veo una botella de licor, dudo si ofrecerle—, ¿tequila? Acepta la última opción. Cuando se lo sirvo me uno a él en la ventana y juntos contemplamos el tercer banco a la derecha.

—Brad —dice después de dar un gran sorbo y yo sonrío—. ¿Cómo es él?

Quiero decirle todo lo que es Brad para mí.

—Es un buen hombre, un buen amigo, una buena compañía —soy discreta.

Tommy escudriña mis palabras con la mirada estrecha.

—¿En realidad es un vagabundo?

—Es una historia algo complicada, como para guardarla para tu regreso —y se me infla el pecho cuando le respondo.

—¿Vive aquí, contigo… con ustedes?

—Es mi *roommate* —*"y no puedo esperar todos los días la hora de llegar y encontrarlo en el sofá"*, me muerdo las ganas de decirle a Tommy cuando pasa su mano con delicadeza por mi mejilla.

—Siempre he sentido envidia de la buena por ti.

La confesión me desalinea todavía más que toda esta conversación.

—¿Por mí? —resoplo. ¿Quién puede sentir envidia por mí?

Que cualquiera en la calle me diga esas palabras no causaría mayor impacto en mí, que sea Tommy me es incomprensible.

—Siempre has sido sincera en quien eres, en lo que quieres ser.

Me parece estupendo que él haya sabido todo este tiempo qué es lo que yo quiero ser y no lo haya compartido conmigo. ¡Bravo, Tommy!

—¿Y qué es lo que quiero ser? —exploro con cautela.

—Un alma libre que se lleva el mundo para evitar que le impongan algo que no la hace feliz.

¿Cómo debo tomar eso? ¿Un halago, insulto?

—Díselo a Andrés de Luna, cariño —bromeo.

Sonríe, esta vez por un rato más. La verdad que no logro imaginar cómo será el encuentro de papá y Tommy. Por cómo se le está poniendo la cara a Tommy, creo que él tampoco lo puede imaginar.

—Cuando sea grande quiero ser como tú, tener claridad de lo que quiero hacer con mi vida —le digo y sonrío.

Tommy me devuelve la sonrisa pero ésta se le desvanece en el mismo instante en que deja caer sus hombros.

—Soy *gay*, Abia.

capítulo 24

BRAD

En el infierno. Así me he sentido el tiempo que he estado en el parque mientras Abia tiene *sus* minutos a solas con Tommy. Aunque tenía esperanzas de verla por el cristal pidiéndome ayuda, sabía que con gran probabilidad eso no pasaría. Ese es un asunto pendiente que tiene que resolver, que debió haber resuelto hace tiempo.

De *nerd* no tiene nada el (bendito) Tommy. Parece un maldito modelo de *Dolce & Gabbana*. Es más alto que yo, el pelo lo lleva tan bien acomodado como si acabara de salir de un *shooting*. Por mi madre que se saca las cejas y la barba esa que lleva en candado tiene que ser tatuada.

Respiro por diez minutos, intentando no pensar en nada. Tengo que ser justo. Tommy no me pareció una mala persona, no me dio esa mala vibra que dice Abia tiene alguna gente. Supe que no venía en una actitud nociva. Cuando abrí la puerta, dijo «buenas noches» y pidió hablar con

Abia pero parece que vio en mi cara cuando se me torció el estómago al decirme su nombre y se me anticipó adentrándose al departamento.

Han estado allá dentro casi una hora y yo acá imaginando cómo podría estar dándose la conversación. Tengo unas ganas de llamar a Theo y decirle que me repita palabra por palabra lo que hablan esos dos allá dentro, ya no uso el abrigo pero tal vez el equipo sigue funcionando.

Las veces que me lo he planteado nunca he dudado si de verdad tendré la capacidad de estar con Abia en esta situación tan particular, en este enredo que estamos, que he creado, que ella y Tommy crearon antes que llegara yo. Si en realidad seré capaz de querer a su hijo.

Nunca.

Hasta ahora.

Supongo que siempre hay una primera vez para todo.

En mi mente imagino a Tommy siempre en medio de los dos. Imagino las disputas por quién se queda con el niño en los días festivos, subyugados a su permiso para poder viajar con el niño. *"Tiene todo el derecho, Brad, es su hijo."*

—Tommy —mastico el nombre para poder digerirlo.

Estoy hirviendo de los celos. Lo sé porque las maldiciones que estoy cursando en silencio son todas en inglés. Jamás había sentido una cosa así. Ese es Tommy, quien la cuidó desde niña, quien la hacía sentir en compañía, de quien ella, Abia, mi niña malcriada habla con tanta admiración.

Tengo que resolver esto cuanto antes, necesito poder sentarme frente a Abia y decirle todo, decirle la parte de la realidad que falta, decirle mis miedos y mis sueños cuando estoy junto a ella.

Hace unos minutos salió Tommy del edificio, Abia me

mira desde la ventana, la contemplo por un par de minutos más. Quiero saber qué corre por esa mente inquieta, quiero saber si desea ir tras él o si, por el contrario, ya no quiere que yo siga siendo su *roommate*. También quiero saber por qué el imbécil la besó antes de irse. No fue solo un beso, fue uno en los labios, fue corto pero no deja de ser un beso… también la abrazó fuerte y mucho tiempo más del que yo he podido tenerla en mis brazos.

Voy subiendo las escaleras decidido a regalarle el beso que tanto su mirada me ha rogado estos días, decidido a quitarle el sabor del "modelo" de sus labios, decidido a que compare y sepa lo que es un beso de verdad, un beso que se lleva deseando por meses. *"Solo un beso, Brad"*, me advierto. Cuando abro la puerta Abia está esperándome parada justo enfrente.

Me mira sin parpadear.

La miro, tampoco parpadeo.

—*Hi* —saluda en mi idioma.

—Hola —saludo en el suyo.

Veo más claro que nunca en su mirada que es a mí a quien necesita. Doy un paso que me acerca al roce con ella, encierro su cara en mis manos, en mi pecho siento su corazón retumbar.

¿O es el mío?

Son los dos.

Por fin le robo el beso del que tanto yo también he padecido todo este tiempo.

"Solo un beso, Brad", escucho la advertencia mental. *"Uno más"*, me respondo.

Su boca es mucho más de lo que he imaginado. Es dulce..

Suave…

Hambrienta…

Agresiva…

"¡Solo un beso, Anthony Bradley Evans!"

Sí, intento convencerme otra vez, solo un beso.

Uno en el cuello.

"No quiero perderla."

Uno en la nuca.

"No ahora que sé que es mía."

Uno en los hombros.

"Es lo mejor que me ha pasado."

Uno en el pecho.

"Quiero una vida con ella."

Uno en las pantorrillas.

"Quiero demasiado."

Uno en los muslos.

Y soy débil.

"Debo detener esto."

Lo sé.

Pero no lo hago.

"Soy un cobarde."

Soy el único con la verdad completa. Ella no tiene todos los elementos para decidir si en realidad quiere hacer esto conmigo, pero no puedo arriesgarme a que ella se confunda y piense que quiera algo con Tommy por aquello que los une.

"Debo detenerlo, detenernos."

Lo hago.

Me detengo cuando ya estamos tirados en su cama. Por suerte creo que me ha llegado de vuelta la razón.

—¿Cómo hacemos esto? —pregunto porque yo nunca he estado con una mujer en su estado—. ¿Es seguro?

Me equivoqué, la locura que padezco es insanable y contagiosa.

Ella deja escapar un respiro caliente y húmedo en mi cuello.

—Es natural, Brad —me dice y yo sonrío. Ahora es ella quien me da solo un beso en la oreja.

Uno en el cuello…

Uno en la nuca…

Uno en los hombros…

Uno en el pecho…

Uno en el abdomen…

"¡Oh!"

Y de repente ya no sé contar.

Ni en español ni en inglés.

"Oh, my fu***ng God!"

***

Tiene la cabeza hundida en mi cuello y el cuerpo apoyado de costado al mío. Acaricio con mis dedos su nuca que está desnuda al igual que el resto de nosotros. Ella hace lo mismo jugando con el vello de mi pecho. Aquí siento que no existe el tiempo. No quiero levantarme, no quiero salir de este lugar. Se ve tan hermosa, se ve feliz. Quiero saber si se siente tan feliz como yo. Quiero saber si se siente segura cuando está conmigo. Quiero escuchar de su boca que la aparición de Tommy no ha cambiado nada entre nosotros. Quiero saber que esto que hicimos está bien, que no ha sido un error precipitarnos, un error más de ella y mío.

—Tommy es *gay* —la oigo decir.

Siento un espasmo repentino en todo el cuerpo.

Fuck!

¿Qué he hecho?

"Te lo dije, que era solo un beso, ¡Anthony Bradley Evans!"

capítulo 25

ABIA

Anoche hicimos el amor una vez más antes de dormir, quisiera no tener que hacer nada por el resto de mi vida y solo quedarme con los ojos cerrados recordando el momento, sintiendo eternamente como Brad me hace sentir cuando somos solo uno. En un principio lo noté cohibido y no lo culpo, yo también tenía dudas de qué hacer y cómo, luego todo fue tan natural. Creo que esa es mi nueva palabra favorita, "natural". Esta mañana nos costó trabajo levantarnos pero no podíamos darnos el lujo de retrasarnos. Hace unos días Tita no dudó en ofrecerse a llevarnos hasta el muelle donde debíamos tomar la lancha para llegar a la pequeña isla de Culebra al este de la Isla Mayor. A toda prisa tuvimos que terminar de empacar las cosas que nos faltaban, tal vez por eso no tuvimos tiempo para palabras de amor, de esas que se deben decir después que te entregas a alguien por primera vez. Tuvimos solo tiempo para miradas de complicidad y caricias de agradecimiento.

Cuando Brad salió al colmado para comprar unas cosas que nos hacían falta, aproveché para llamar al banco y explorar el estatus de la solicitud de refinanciamiento. «Unos días más», me dijo la señora que está trabajando el caso, que no debe haber problema alguno, que estas cosas toman tiempo.

Al decidir que pasaríamos la víspera de Año Nuevo haciendo camping en la playa bajo la luna, le solicité a Torres un par de días de vacaciones. Al principio puso resistencia, que cómo era posible que se me ocurriera semejante estupidez en estos momentos, luego, bajó la guardia y él mismo dedujo que yo necesitaba unos días y que él también debería tomarse unos porque hemos trabajado bastante para lograr el proyecto de la cooperativa. Le pregunté si tenía alguna actualización de los miembros del equipo y el dinero que deberían conseguir pero me dijo lo que yo misma he estado temiendo desde la última reunión en mi hogar: «Veo difícil que podamos juntar todo ese dinero».

Brad logró cambiar unos turnos con otros empleados, me dice que le tocará trabajar dos semanas sin día de descanso pero que está seguro valdrá la pena y yo le creo.

Fue un viaje en auto de cuarenta y cinco minutos más o menos. Brad y yo casi no hablamos, él viajó en el asiento delantero con la excusa de que yo tuviera más espacio para estirar las piernas durante el trayecto, «que no te dé un calambre de esos», me dijo al oído. Tita estuvo casi todo el tiempo dándonos consejos y recomendaciones de qué hacer. Ella ha frecuentado ese lugar en varias ocasiones y creo que sus consejos nos serán de mucho valor. Es la primera vez para nosotros, nuestra primera vez.

Cuando Tita se despidió me dijo:

—Disfruta, cariño.

Yo solo dejé escapar la sonrisa que estuve intentando ocultarle en todo el camino y que ella insistía encontrar a través del retrovisor.

—¿Se me nota? —le pregunto.

—En toda la carota —responde.

Me dio un beso bien fuerte en el cachete y antes de subirse al auto me ordenó:

—Cuida al renacuajo y cuídense ustedes.

Creo que ya hemos llegado a un punto donde ella ha aceptado mi realidad, que es casi irreal pero verdadera.

***

A buena ahora se nos ocurrió montarnos en esta maldita lancha. En todo el embarazo no me ha dado ni un mareo y pareciera que los acumulé para que me dieran todos aquí.

Cuando olí limón, Brad olió limón.

Cuando chupé limón, Brad chupó limón.

Cuando tragué limón, Brad tragó también limón.

¿Mencioné que odio el limón?

En el único momento en que se me aliviaron los malestares fue cuando me bajé de esa bendita máquina. No quiero ni pensar cómo me irá en el viaje de regreso.

A un poco más de medio día ya teníamos nuestro campamento montado. Todavía estoy sorprendida con la facilidad con la que Brad armó la caseta de camping que David le prestó. Tengo ganas de preguntarle si sabe sacar fuego de dos ramitas. Siempre lo he intentado y nunca he podido lograrlo. Es pequeña, la caseta, color naranja y me gusta. Al terminar de colocar el hielo en la nevera de playa, que es lo único que este hombre me ha dejado hacer, me pongo mi bikini y Brad el suyo, no el bikini, sino que su traje de baño estilo bermuda y nos lanzamos al agua. Este lugar es un paraíso, por algo es que la playa Flamenco ha estado años en la lista de las diez mejores playas del mundo. El agua es tan cristalina que puedes verte los pies bajo ella, además se siente suave a la piel, la arena es tan blanca que fácilmente la confundes con las nubes cuando miras el reflejo del cielo en el agua. Pensé que por ser invierno las olas pudieran estar algo revueltas pero me equivoqué. En este lugar parece que se vive en un verano eterno. ¿Cómo no había venido antes? Brad sigue sorprendiéndome. Me pregunto, ¿cuántas cosas más le tomó prestadas a David? Salió un momento del agua y cuando regresó lo hizo cargando dos caretas para *snorkelling*. Así estuvimos toda la tarde disfrutando de este paraíso.

La noche ha comenzado a caer, nos dimos un baño en las duchas comunes del lugar. Aquí hay gente pero no es que el sitio esté abarrotado, hay espacio suficiente entre cada campamento y por ratos largos puedes llegar a sentir que estás solo. Creo que me quedaré con las ganas de saber si Brad es un *boy scout* completo porque aquí no permiten encender fogatas. La brisa nocturna se ha puesto bastante fría y aunque tengo un suéter de manga larga de vez en cuando me dan escalofríos. Brad acaba de llegar con unos pinchos, "*skewer*" dice él que se llaman en inglés. Comemos en silencio, cuando termino los dos pinchos que me trajo le pregunto si se va a comer los de él completos. Tengo un hambre que siento que me puedo comer un elefante. Me da de uno en uno en la boca con sus dedos los pedazos de carne que aún no se ha comido. De pronto siento que tengo todavía más hambre pero no de esos pinchos. Cuando pone el último pedazo de carne frente a mí lo sorprendo agarrándole la mano y le chupo la salsita que le queda en los dedos, me lo saboreo de uno en uno, entonces, Brad me ofrece el postre.

Satisfechos, en todos los sentidos, estamos acostados dentro de la caseta porque Brad dice que afuera hay mosquitos y que podrían ser peligrosos para mí. Él le ha quitado la cubierta impermeable al techo de la caseta y ahora podemos ver el cielo a través de una malla fina casi imperceptible. Estamos desnudos, cubiertos por una manta y no me importa que algún entrometido asome la cara y nos vea.

Estoy feliz.

Con un temblor en el pecho, pero feliz.

Dejo escapar un suspiro, que aunque intenté controlarlo, parece que no lo logré.

—¿De qué fue eso? —enseguida Brad pregunta volviendo mi cara hacia él.

—Nada en particular —respondo en un intento de dispar su interés y cambio la mirada al cielo—. ¿Viste aquella estrella? —Señalo hacia arriba, hay cientos de ellas y no sé ni a cuál aunto, tengo esperanzas de que se fije aunque sea en una y se olvide de mi suspiro.

—¿Voy a tener que adivinar? —insiste y vuelve mi cara hacia él—. ¿Arrepentimiento?

Siento que se me va un poco el aire del pecho. ¿Por qué pudiera pensar que estoy arrepentida? ¿Será que él sí lo está?

—No —disipo la duda enseguida, lo menos que estoy es arrepentida de él, de nosotros, de mi renacuajo.

—Entonces, ¿qué es, Abia?

Insiste con sutileza que lo mire cuando le hablo.

"Dile, Abia, dile qué es lo que te hizo suspirar, qué es lo que sientes ahora mismo."

—Miedo.

—¿Miedo a qué? —pregunta.

—A cuando despiertes, a cuando abras los ojos y veas la realidad.

Sí, hablo solo de él porque sé que es él quien va a despertar un día preguntándose, ¿qué demonios ha hecho con su vida?, ¿cómo es que se metió con alguien en esta situación?

Me agarra por los hombros y me obliga a sentarme frente a él.

—Si algo tengo muy claro es que tengo libertad plena de decidir qué quiero hacer, dónde quiero estar y con quién. Yo no estoy aquí como un acto de caridad hacia una pobre mujer.

Remuevo mi cara del toque de su mano.

—Tal vez no en caridad pero sí en un acto de agradecimiento.

Brad respira hondo, está molesto, lo sé y creo que el sonido que escucho es cuando el aire le va enfriando el estómago.

—No dejas de sorprenderme, Abia, cuando te creo fuerte y terca aparece la verdadera tú, frágil, insegura. Mírame —ordena, no puedo resistirme. Encierra con sus manos tibias mi rostro y me besa con ternura—. Te amo, Abia, a ti, toda tú, el paquete completo incluyendo el renacuajo. —Pone una mano en mi panza—. No me preguntes cómo en tan poco tiempo, solo sé que te amo así como eres. Jamás me daría vergüenza de andar de la mano contigo, con ustedes. ¿Puedes entender eso?

Ahora siento todavía un miedo mayor. Esto que llevo en el pecho por Brad jamás lo había sentido, esta intensidad siento que me ahoga y me mata cada vez que él me toca pero vuelvo a vivir al instante que me besa.

Lo abrazo y no quiero soltarlo, quiero sentirme así, como solo él me hace sentir, segura. Quiero decirle que sí.

Que lo entiendo.

Que le creo.

Todo es demasiado perfecto.

Estoy bastante crecidita para pensar que los cuentos de hadas existen.

Intento explicarle lo que siento.

—Cuando estoy junto a ti es como si estuviera dentro de una burbuja donde nada ni nadie nos puede dañar. —Ahora soy yo quien lo besa y respiro su aire—. No permitas que esta burbuja se rompa, por favor.

—Esta es nuestra burbuja, no puedo prometerte que un día no se rompa, Abia, porque si lo hago, te estaría mintiendo. Lo que sí te prometo es que si esta burbuja llegara a romperse —me besa en la frente—, voy a construir una más fuerte —ahora lo hace en el cuello— y si esa también se rompe —otro beso—, construiré otra y otra y otra.

Trazo con mis dedos los contornos de su rostro mientras él sigue diciendo, «otra y otra y otra».

—Sé que hay algo más de lo que me has contado. Creo que ya te lo he dicho, que no soy tan idiota —le confieso lo que sé, lo que siento, lo que me dice mi intuición—. Estoy segura que soy algún tipo de experimento tuyo, de ese proyecto que mencionaste. —Palpo que los músculos de la espalda se le tensan—. ¿Cómo lo he hecho, Brad, cómo te ha salido el experimento?

Se queda en silencio y el brillo de la noche se le refleja en los ojos, me contempla como lo hago yo con él.

—Has superado mi hipótesis, amor, y los resultados son mejor de lo que jamás imaginé.

Me besa y yo no tengo otra cosa más en mi corazón y mi mente que dejar que mi boca diga por primera vez en mi vida:

—Te amo.

capítulo 26

ABIA

Los dos días que pasamos en Culebra han sido maravillosos. Tal como lo imaginé, el viaje de regreso lo odié mucho más que el de ida. Estoy segura que quien se atreva a poner un pedazo de limón frente a mí la va pasar muy mal.

Por suerte todavía hoy tengo el día libre, por el contrario Brad ha tenido que trabajar. De todos modos tengo la agenda del día cargada. Aprovecho para responder el mensaje que me ha dejado la señora del banco. En un principio intenté utilizar mis dotes de comunicación, de persuasión y así poder entender la decisión de la institución a mi solicitud de refinanciar el departamento, terminé insultando a la señora y culpándola de que toda esa gente del centro perdiera su trabajo, también creo que la responsabilicé por los fracasos de hasta cuatro generaciones después. Al final, cuando me llegó la razón y me puse en sus zapatos entendí que ella no tenía la culpa de que la relación ingresos versus gastos de Abia De Luna Choi no diera los números que exige el banco. Antes de terminar la llamada me disculpé como debía. Por un instante contemplé la alternativa de profanar el fondo que poco a poco he creado para devolverle a papá el dinero que le "robé", sin embargo, enseguida desisto, esa no es una opción.

No.

En esta ocasión tengo un plan alterno, porque nada va a impedir que logremos el proyecto del Centro.

Nada.

Voy a la cocina y agarro el periódico de encima del *counter*, como le llama Brad a la encimera, regreso al sofá, llego de prisa a las páginas de los clasificados, evito las esquelas porque siempre me causan un revuelco en el estómago y no quiero más limón, vuelvo a levantar el teléfono y hago lo que tengo que hacer.

Después de darme un baño tibio me arreglo para salir. En estos días estuve pensando en lo que Brad me dijo en la playa acerca de la relación con mi papá. Él tiene razón, mi padre es una parte importante de mí, de lo que deseo que esté dentro en *nuestra* burbuja. Antes de dirigirme al despacho de Andrés De Luna me detengo por un café. Permanezco un rato parada en la acera, observando a través de la vitrina a Brad trabajar, se mueve de un lado a otro, recibe a todos con una hermosa sonrisa que le hace brillar el rostro y de vez en cuando parece bromear con alguno que otro compañero. Cuando entro es David quien primero advierte mi presencia.

—Abia —saluda y sonríe de medio lado lanzándole un vistazo a mi "primo".

Enseguida que Brad escucha mi nombre levanta la mirada y sonríe todavía más. Desespero en la fila porque atienda a dos clientes antes de mí, cuando es mi turno me dice:

—Buenos días, señorita, ¿qué va a tomar hoy?

Yo quiero decirle que me sirva un *Brad triple shot*, sin envoltura, tan caliente que me queme hasta la garganta, para llevar directito de vuelta a mi casa, *"a mi cama"*.

Sería demasiado cursi.

Así de tonta estoy por él.

Así de elevados tengo los pies de la tierra.

Pido un café oscuro, bien cargado porque necesito bastante cafeína para lo que me espera luego de aquí. Veo que Brad escribe algo detrás del recibo de compra y luego me lo entrega junto al cambio pero me dice en voz baja, «*later*», por eso no lo leo enseguida y espero hasta salir del lugar para echarle un vistazo tal como él me pidió, «después».

«Estás hermosa», dice la nota y yo de tonta voy todo el camino, como diría mi querida Tita, con una sonrisota en la carota.

***

Hay una nueva recepcionista en el despacho De Luna & Esteves, es lo único que noto diferente. Cuando estoy a punto de anunciarme, Fernando, el papá de Tommy, llega, (creo que les dije que es el socio de mi papá), al verme se queda igual que yo, sin saber qué decir.

—¿Está papá por aquí? —pregunto.

Mira el reloj que lleva en la muñeca.

—Debería estar porque tenemos una reunión en un rato. Pasa —me dice.

—¿Crees que puedes darme unos minutos cuando termine con papá, si es que queda algo de mí? —Intento bromear porque la situación es algo incómoda.

—Seguro, Abia, voy a estar en mi oficina, la que conoces, la misma de siempre.

Marisa, la secretaria de toda la vida de papá, se sorprende al verme, no tiene que decírmelo pero sé que la sorpresa es por partida doble. Se levanta de la silla y con velocidad llega hasta mí.

—Me dijo tu papá que te veías hermosa pero creo que se quedó corto —me dice.

Saber que papá le habló de mí, de lo que le ha hecho el renacuajo a estas curvas, mueve algo en mi pecho.

—Tú también estás muy linda, Marisa. Qué bueno verte. ¿Está por ahí papá? ¿Crees que pueda atenderme?

—¿Quieres que te anuncie o le das la sorpresa?

Por un instante pienso en la sorpresa. Vuelvo y pienso que últimamente como que no me han salido muy bien las sorpresas con él. Me voy con la opción del anuncio.

Marisa toca a la puerta y cuando escucha la voz de su jefe, se asoma solo un poco, luego la abre todavía más y me dice que pase. Tengo las rodillas temblando, no estoy segura que sea capaz de entrar en esa oficina. Me demoro un poco intentando llenarme los pulmones de bastante aire no sea que vaya a desmayarme allí y para colmo me den a oler un limón, entonces papá aparece en la puerta y hace algo inesperado.

Sonríe.

"Sorpresa, Abia", pienso.

Cuando entro en su despacho ya no me tiemblan las piernas, siento el deseo de abrazarlo pero es él quien me abraza primero. No decimos ni una sola palabra, solo nos abrazamos, como dos De Luna, procesando en nuestras mentes complejas la mejor manera de decir «lo siento». Sus manos en mi espalda me dan consuelo porque, por más que intenté no hacerlo, he comenzado a llorar. No tengo recuerdo de la última vez que dejé escapar una lágrima frente a él, siempre lo hice a solas encerrada en mi cuarto o con Tommy.

Me invita a sentarme y lo hago en la silla frente a su escritorio, él me acompaña.

—Supongo que es ahora cuando debo decir que lo siento. —Me limpio los mocos y las lágrimas con la servilleta del mensaje de Brad—, no debí arruinarles la Nochebuena —le digo y observo cómo me mira pero desisto de la intención de traducir la expresión que lleva en la cara, en todo su cuerpo—. ¿Por qué nos mirabas así esa noche, en la cena?

—Te miraba ¿cómo, Abia? —su voz es sosegada.

—No lo sé, como si me dijeras «te lo dije», como si sintieras vergüenza de mí.

Deja escapar un poco de aire que llega hasta mí.

—Te miraba como un padre que hace cuatro años no ve a su hija, que al verla advierte demasiadas cosas diferentes, cosas nuevas en ella, en su vida. Que se lamenta de haberse perdido de cuatro años de su vida. Al chico, a Brad, lo miraba con las ganas de decirle que no se atreviera a hacerte sufrir porque la pasaría fatal.

Advierto que mis diplomas, ambos el de bachiller y el del postgrado (la evidencia del robo de la historia) cuelgan en una pared.

—¿Sabes? Pienso pagarte hasta el último centavo de mis estudios, papá.

—¡Ja! —Se pone de pie y comienza a caminar de un lado al otro—. Estos cuatro años de silencio entre nosotros no son la consecuencia de haberme ocultado lo que estudiabas, Abia. —Se detiene frente a mí—. Si me hubieras hecho frente con ese coraje que te distingue y me hubieses dicho, «papá, lo lamento por ti pero esto es lo que quiero estudiar», puedes estar segura que te hubiese dado el sermón del siglo, que te hubiera hecho la vida imposible para convencerte de lo contrario —dobla sus rodillas para quedar a mi nivel, suspira—, pero al final —vuelve a suspirar—, al final hubiese pagado igual hasta el último centavo de tus estudios. Tú eres mi hija, es mi deber proveerte hasta el día en que ya no pueda más, es mi deber apoyar tus decisiones aunque no sean gratas para mí, aunque no sean lo que pienso que es mejor para ti.

»Estos años en silencio han sido la consecuencia de haber quebrantado algo más que la verdad, hija, es mi castigo por haber quebrantado la confianza. Tú bien me lo dijiste hace unas noches, en la cena, lo que estudiaste te sirve para limpiarte ahí mismo. Con lo que no te puedes limpiar allí, en esa palabra de cuatro letras, es con lo que aprendes de las experiencias, de lo que te causa alegría y sufrimiento. Ese es mi deber, ese era mi deber, enseñarte que una de las cosas más importantes en la vida es la confianza, sin ella no hay felicidad, sin ella no hay armonía, no hay amistad sincera, es imposible encontrar el amor pleno y la felicidad.

Otra vez yo, Abia De Luna Choi sin palabras y pensando que si hubiese sido más valiente hace unos años me hubiera ahorrado esta lejanía que tanto me ha dolido, que sé nos ha dolido.

Permanezco un rato más con papá, hablamos de mi renacuajo, la conversación en un principio se nos hace incómoda pero enseguida logramos superarlo. Le pregunto por Teresa, aunque me sorprende lo que siento, me gusta cómo sonríe y le brillan los ojos cuando me cuenta de ella. La conoció en el ambiente de las inversiones inmobiliarias, es dueña de una compañía de corredores de bienes raíces. Me cuenta que planifican llevar al próximo nivel su relación, lo que todavía no deciden es dónde lo harán si en su departamento o en el de ella.

Cuando le digo que pienso hablar con Fernando para, también ofrecerle una disculpa, me dice que hago bien, que cuando Tommy estuvo de visita se las vio bastante difícil con ellos, aunque piensa que están exagerando un tanto la nota, «al final, Abia —dice papá—, ustedes son adultos y sabrán cargar con las consecuencias de sus actos y lo que eso conlleva». Al mencionar a Tommy siento la necesidad de explicarle a papá lo que sucedió, cómo es que el hijo de Tommy crece dentro de mí. Desisto porque creo que papá esta mayorcito y que hacerle el cuento de las flores y las abejas a esta altura sería un insulto para él y otra vergüenza adicional para mí, más aun si en la versión de ese cuento que tengo para narrarle no recuerdo haber visto flores ni escuchado el zumbido de las abejas.

capítulo 27

THEO

Escuchar a Simón, uno de los empresarios de mayor renombre en la industria, rechazar tu proyecto destrozaría la autoestima de cualquiera. «Lo siento, chico, en estos momentos el concepto de tu piloto no encaja con lo que visualizo que quiere el público.»

Yo sonrío.

No me importa.

Sé que ha tenido la delicadeza de atender mi llamada en persona solo por la amistad que lo une a mi viejo.

—¡Candence, no se te ocurra apretar ese botón! —lanzo la advertencia a mi hija que ha tenido que pasar el día conmigo en la casa productora porque, otra vez, he cancelado la salida al cine—. Quédate sentada, ten —le doy un papel y un par de lápices— dibuja lo que quieras aquí.

—No quiero dibujar más, papi.

Lograr que Candence se haya quedado tranquila en

la cabina de edición ha sido peor que lograr que alguien se interese en nuestro piloto.

—¿Por qué tío AB está en esas pantallas? —Se para en la silla, trepa un pie en la consola y se estira para tocar las pantallas con los dedos—. ¿Tío es un actor?

—No, chiquilla —le digo mientras la agarro y la siento de regreso por enésima vez a su lugar. *"Piensa, Theo, piensa rápido"*—. El tío está haciendo un proyecto para la universidad —*"sí, eso es un proyecto"*—. Papá lo está ayudando.

—¿Y de qué es ese proyecto?

—No creo que te interese, pequeña.

—Quiero saber, papá.

Por suerte me suena el celular y es mamá que viene a buscar a su nieta, logré que me ayudara con ella un par de horas en la tarde, todavía aquí queda mucho trabajo por hacer.

Logro que Candence a regañadientes se monte en el auto con su abuela y regreso al cuarto de edición. Tengo a dos de los muchachos trabajando conmigo, Elías, está encargado de editar el material que nos llega a diario, el que envía el equipo remoto que dejamos estratégicamente instalado, Charles edita el sonido y se encarga del hilo de la historia.

Hace dos días AB se dignó en llamarme, lo hizo solo para decir que me olvidara del proyecto, que había desistido de la fantástica idea del vídeo en YouTube.

—¿Te arrepentiste de regalar tu "fortuna", hermano? Recuerda que tienes una sobrina —le dije por aquello de que supiera que la "Fundación" pro pensión Candence seguía en pie.

—No, Theo, haré las cosas de otra manera.

AB no me tiene que decir, sé cuál es el motivo de que sus planes hayan cambiado. Ha caído rendido a los pies de esa mujer como un perro, pensó que lograría atrapar a alguien en su proyecto y lo han atrapado a él. Estoy un poco decepcionado con AB porque no tiene visión de negocio, pienso que todo el giro que ha tomado su proyecto tiene un potencial que AB va a desperdiciar. Después de todo estoy convencido que la idea de mi hermano no era una mala idea, solo necesita un poco de cariño, un poco de creatividad y magia de la que sabemos nosotros crear aquí. El amor te ha cegado, AB. No temas, que tu hermano Theo está aquí para velar por ti.

La puerta del cuarto de edición se abre con violencia y azota el espaldar del asiento de Elías quien deja escapar un ¡coño! como protesta.

—Theo —me llama Liz, una de nuestras productoras—. Xilften quiere el piloto mañana a primera hora. —Intenta recuperar un poco el aliento. Tiene que haber advertido la confusión en mi cara porque aclara—: Me acaban de llamar que han cancelado la producción de uno de los programas de la próxima temporada por un problema con los productores y se les ha abierto un espacio. Están llamando como locos a las casas productoras independientes porque necesitan llenarlo con producción exclusiva para ellos.

—Toma —dice Charles extendiéndole un cd con la copia del piloto que ya nos han rechazado cuatro veces, incluyendo el rechazo de Simón.

—Miro la pantalla, luego a Charles y a Elías, después vuelvo a mirar a Liz y por último a AB que parece observarme disgustado desde su imagen congelada en la pantalla.

Empujo mi silla que rueda hasta Liz, le quito el cd que

le ha puesto en las manos Charles y le digo:

—Romperemos noche hoy editando, pero mañana a primera hora tendrás tu material, Liz.

capítulo 28

BRAD

Nos hemos visto muy poco en estos pasados días, he tenido que cubrir turnos en horarios irregulares a consecuencia del tiempo libre que me tomé para ir de camping en la playa con ella.

Valió la pena.

Y sé que todo esto valdrá la pena.

Esos dos días han sido, por mucho, los mejores de mi vida. Tuvimos la oportunidad de hablar de muchas cosas, principalmente de la situación que la ha mantenido alejada de su papá. El sentimiento de saber que ella me escucha, que da por válido mis consejos es alentador.

Hace un par de días que Abia visitó a su papá, me alegró tanto saber que pudieron hablar, que al parecer han restablecido la comunicación. La noche en que Teresa se apareció en el departamento para invitarla a la cena, por la manera en que Abia se alertó, supe cuán importante es él para su hija, cuánto significa en la vida de Abia Andrés De Luna. Por eso le insistí que fuera a la cena, por eso me ofrecí a ser su acompañante.

Escuchar a Abia decir que me ama confirma una de dos cosas.

Que está confundida.

O que está igual de loca que yo, en cuyo caso me hace amarla todavía más

Igual de loca para sentir lo mismo que siento por ella en tan poco tiempo. Por eso no perdí la oportunidad de contarle allí sentados en la caseta de campaña el resto de mi historia, no tuve que hacer mucho esfuerzo porque ella se había hecho ya una idea de cuál era mi proyecto. Le dije en qué consistía el proyecto pero omití el detalle de los vídeos. ¿Para qué decirle y causarle probablemente un mal rato? Total ya le dije a Theo que descartara todo el material grabado. La gente sin hogar tendrá que esperar porque hay otras personas que necesitan más mi ayuda. Contrario a lo que siempre pensé que pasaría cuando se enterara de la verdad, Abia no salió corriendo, sino que me abrazó con fuerza y susurró a mi oído.

—Gracias por haberme escogido.

—Gracias a ti por haber insistido en ayudar a este extraño —le dije—. No quiero que lo vuelvas hacer, que vuelvas a invitar a un extraño a tu departamento.

—Sabía que no eras un sátiro asesino.

—No te confíes mucho, amor, porque en las lunas llenas me vuelvo todo peludo y me convierto en lobo.

La vi pensando mordiéndose los labios y sonriendo a la misma vez.

—Me gusta la idea de vestirme de Caperucita Roja.

Sus ocurrencias son algunas de las cosas que me hacen quererla tanto.

Está lloviendo bastante, por eso tomé un taxi para llegar de vuelta al departamento. Aunque son casi las diez de la noche el tráfico está algo lento. Ansío llegar a la casa y preguntarle a Abia cómo se siente. Mañana es el gran día, mañana presentará junto a Torres la propuesta de compra del centro. Ella no sabe que quienes estarán del otro lado del teléfono seremos Marion y yo. Todavía no sé si lograron reunir el dinero que necesitaban. Hace unos días, la última vez que hablamos del tema, me comentó que todavía les faltaba más de la mitad por acumular. No quiso decirme cómo lo harían, cómo finalmente reunirían el dinero, solo dijo, «lo conseguiremos, lo conseguiré».

Encuentro a Abia caminando de un lado a otro en el medio de la sala, tiene un pantalón de pijama que se le chorrea bajo las caderas y una camisilla blanca pegada que revela cuanto le ha crecido el vientre en estos días, sujeta varios papeles en las manos y está hablando sola. Enseguida que me ve corre hacia mí.

—Me alegra que llegaras —dice después de ponerse de puntitas y darme un beso tierno en los labios.

—Me alegra que te alegres que llegué. —Le devuelvo el beso y no puedo contener las ganas de sobarle la barriga que se le ve linda. Me pregunto qué diablos pasa conmigo, con frecuencia siento una ilusión como si ese bebé fuera mío. ¿Será eso posible? ¿Será eso un sentimiento de alguien normal?

—Ven —me hala hasta el sofá—, siéntate, necesito que seas mi audiencia.

—¿Me darás un show, conseguiste el disfraz de Caperucita?—pregunto levantando las cejas, sonriendo y agarrándole el pantalón por la cadera.

—No. —Me da un cantazo en las manos con los papeles, que la suelte—. Estoy ensayando para la presentación de mañana.

Levanto las manos en señal de rendición.

—¿Qué tengo que hacer? —pregunto.

Me quito los zapatos y trepo los pies encima de la mesa del centro.

—Ser el abogado del diablo —me dice lanzándome una guiñada.

En ese momento imagino muchas formas en las que me gustaría hacer cosas malvadas con Abia pero la inquietud no me suelta.

—¿Consiguieron el dinero?

Abia que estaba mirándome, baja la vista al suelo por unos segundos, luego la eleva al techo para después volverme a mirar.

—El dinero no será un inconveniente mañana, señor abogado del diablo.

Pasamos un rato ensayando su presentación. Me contó que Torres había logrado tener una llamada de conferencia con el representante legal del dueño de la empresa quien le había indicado que era la persona que estaba manejando el tema de la venta de la misma. Eso ya lo sé, Marion me lo había contado. Abia está a cargo de presentar lo relacionado con la creación de la cooperativa y Torres lo relacionado al plan de negocios que va a sustentar el pago a plazos del monto restante de la adquisición del Centro el cual propondrán saldar en tres años.

En aquel tiempo en que fui una pesadilla para mis padres, mi madre siempre decía que la verdad a medias se convierte en una mentira completa. No puedo decirle a Abia que el centro es mío. Después de mañana todo se encaminará, ellos recibirán la noticia en un par de días que el dueño decidió aceptar su oferta y que les venderá el Centro. Abia y sus compañeros tendrán en sus manos un nuevo proyecto al que deberán echarle todas las ganas para sacarlo adelante. Yo recibiré el dinero de la venta de CS y lo donaré a alguna entidad de las que he trabajo como voluntario. Nadie tiene que enterarse que Anthony Bradley Evans y Brad eran la misma persona.

No hay por qué causarle ningún malestar a ninguna de esa gente buena.

En la mañana despido a Abia con un fuerte abrazo, le digo que estaré allí con ella en el pensamiento (aunque también estaré allí literalmente pero eso no se lo digo), le deseo que la acompañe toda la suerte del mundo. Anoche insistió que me acostara con ella en su cama a lo que puse resistencia, no porque no quiera dormir a su lado, en este momento no ansío nada más, sino porque no quiero abusar. Cuando ya me estaba quedando dormido la escuché gritar ¡Brad! Corrí desesperado hasta el cuarto y cuando la vi estaba sentada en la cama con una sonrisa de oreja a oreja.

—Tengo calambre en el pie —me dijo agitando el pie frente a mí.

Después que la ayudé a resolver el "problema" del calambre, me mudé bajo protesta a su cuarto y estuve horas viéndola trazar en una libreta una línea aquí, otra allá, creando formas abstractas, simples, pequeñas pero sorprendentes.

De camino al trabajo llamo a Marion para validar que la hora de la conferencia sigue según acordado. Confirma que sigue pautada para las doce del mediodía como le indiqué para poder conectarme en mi hora de almuerzo. También me dice que Theo me busca con urgencia, que parece que algo ha pasado, se le oía muy preocupado. Pienso en mamá y papá, también en mi sobrina. ¿Qué puede ser tan urgente como para que Marion también se alarme al darme un recado de Theo, él lo conoce muy bien, sabe que mi hermano puede carecer de la capacidad de calificar las urgencias.

Enseguida que cuelgo con Marion, llamo a Theo y me dice que espere unos segundo en línea que está terminando una llamada. Cuando regresa después de varios minutos, me saluda muy entusiasmado.

—¡AB!, ¿cómo estás?

—Bien, Theo, ¿qué pasó? ¿Están todos bien, mamá, Candence, papá?

—Sí, están todos bien —se le oye muy tranquilo.

—Y ¿cuál era la urgencia que le dijiste a Marion por la que tenía que llamarte cuanto antes?

—Xilften quiere tu historia.

—¿Quién es Xilften? —Me detengo.

—¿No sabes quién es Xilften?

—No, Theo, no sé quién o qué rayos es.

—Caramba. Se me olvida que en las junglas que te metes no llega la tecnología.

—¿Me vas a decir de una vez quién rayos es Xilften?

—Son una compañía de programación de televisión por *streaming*. Fíjate, que hasta tienen sus propias producciones.

—¿Y quieren mi historia?

—Sí, ¿te imaginas?

Miro la pantalla digital de un anuncio gigante que hay en la calle y me muestra la hora, advierto que solo faltan quince minutos para mi hora de entrada.

Retomo el paso.

—¿Qué historia, Theo?

—No te hagas el idiota, AB, tu historia, ¿cuál más?

—Aquí no hay historia— (y no la hay porque yo le ordené que destruyera las grabaciones). De momento me acuerdo de todo lo que sé capaz a mi hermano—. ¿Qué hiciste, Theo, qué demonios hiciste?

—No te molestes. Envié tu historia a la gente de Xilften.

—No entiendo qué historia, porque te ordené que borraras todo lo que tenías en tu poder. Además, Theo, explícame ¿qué carajo van a querer ellos si tú mismo me dijiste que el material era malo, que la calidad de las grabaciones era fatal?

—Eh...yo...

—Más vale que acabes de decirme, ¡escupe!

—Hice unas tomas mejores y... ¡Ay, chico, que hice lo que el viejo y tú querían que hiciera, te ayudé!

Theo estuvo todo el camino hasta que llegué al café explicándome lo que había hecho. Cuando me pidió permiso para hacer unas tomas en el departamento de Abia tuvo el atrevimiento de colocar cámaras de circuito cerrado en todo el lugar, además dejó en la isla un par de camarógrafos que nos han seguido día y noche sin que nos percatáramos.

"Los fantasmas."

En estos momentos estoy viendo al imbécil que me sigue, no me le acerco porque siento el coraje, que hace años no sentía apretándome el pecho.

—Hay material para toda una temporada, AB, por esto nos pagarán un dineral. Solo necesito que tu chica y tú firmen el acuerdo legal, tendrán el 20% del pago inicial y el 30% de las regalías.

Ahora doy gracias a Dios que mi hermano está a miles de millas de distancia, porque si lo tuviera frente a mí la historia sería otra.

—Eres un maldito cabrón atrevido, Theo, ¿cómo pudiste hacer eso?

—Un cabrón con ingenio, AB. ¿De qué te quejas? ¿Acaso esto no es lo que querías? Le darás al mundo en la cara, sí existen buenos samaritanos, gente que se sacrifica por otros, que hasta se enamoran de mendigos y mendigos que se enamoran de chicas que van a tener un bebé de su mejor amigo que es gay. Es que de solo decirlo siento el olor del éxito.

—¡Grabaste sin permiso mi vida íntima, maldición, la de Abia! ¡Grabaste nuestra intimidad, maldito imbécil, enfermo de mierda! —Camino de un lado al otro. Intento pensar qué puedo hacer para sacar de circulación ese material lo antes posible, no quiero ni imaginar qué pasaría si eso llegara a hacerse público—. Quiero que entregues a papá todo el material que tienes, el que yo te di y el que por tus cojones grabaste.

—Dime aunque sea que lo vas a pensar, AB.

—Pensar ¡¿qué carajo?!

—Firmar el *release*. Hermano, esta es la oportunidad de mi vida. ¿Tú sabes lo que es que Xilften quiera tu trabajo? Es la oportunidad de impresionar al viejo, a tu sobrina.

—Tú no entregas los vídeos a papá en veinticuatro horas y yo voy a ser quien te enseñe lo que es impresionar a alguien.

—Abia te quiere, AB, esa mujer se muere por ti, si tú se lo pides, si tú le explicas la realidad, sé que ella va a entender.

—No insistas, Theo. Te juro que me cuesta creer hasta dónde te has atrevido a llegar.

—Tampoco eres tú un santo. ¿Es que no piensas decirle que tú eres el dueño del Centro?

—¿Ahora pasamos de la súplica al chantaje, cabrón?

—No me hagas esto, AB, piénsalo, por favor.

Estoy frente al Starbucks y veo a David hacerme señas por el cristal de la vitrina. Miro la hora en la pantalla del teléfono.

—Tienes exactamente veintitrés horas y cincuenta minutos para entregar todo a papá.

Me tomo un par de minutos adicionales para llamar al viejo y sin poder contarle toda la historia solo le digo que Theo le va hacer entrega de un material y que necesito lo cuide con su vida, que lo llamo en la noche y le explico.

capítulo 29

ABIA

Desde que llegué al Centro, Torres insiste en que cancelemos la presentación, se niega rotundamente a aceptar el dinero que pondré de más. Le he explicado que será en forma de préstamo que la cooperativa me lo pagará en los próximos años.

—No me hagas esto, Torres, después de todo lo que hemos trabajado para montar este proyecto, por favor.

—No es justo, De Luna, no es justo. ¿De dónde sacaste tú ese dinero?

—Ese no es un asunto relevante, Torres.

—Sí, sí lo es.

—Es dinero mío y yo decido en qué lo quiero invertir.

Me mira con la boca tensa.

—Insisto que no es justo.

—Injusto es que cancelemos todo a último momento, que arruinemos la posibilidad de convertir este lugar en nuestro —con mis manos abro un hueco entre la cortina de madera y podemos observar a los operadores en plena faena—, de proteger todos esos empleos.

Veo al hombre bajar la mirada, agarra el teléfono, lo coloca de mala gana en medio de su escritorio y comienza a dejar caer con fuerza sus dedos en los números.

—Buenos días —saluda Torres y me dice bajito que allá, a donde estamos llamando, es una hora menos.

—*Good morning, Mr. Torres* —lo saludan en inglés y el resto de la conversación continúa en ese idioma.

Torres me presenta como su colaboradora y portavoz del grupo en el proyecto. El señor que habla del otro lado de la línea dice llamarse Marion Stuart y que es el representante legal del señor Evans, el dueño de CS. Le envío a la dirección de email que me dicta el enlace para compartir la presentación en línea. Torres comienza dando una introducción que cubre algo del trasfondo del centro desde su origen hace más de veinte años.

—CS era, antes de llamarse así, un centro de operaciones para una compañía de beepers, con el tiempo y mientras se fue haciendo más accesible tener un celular, los servicios que se ofrecían fueron cambiando según la necesidad del mercado y de nuestros clientes…

Creo que es la primera vez que escucho esta historia con detenimiento y mientras lo hago no puedo evitar pensar en Brad y sus palabras acerca del cambio. «El cambio es inevitable, Abia, vivimos en un cambio constante.»

El señor Stuart ha hablado poco, se ha limitado a escuchar lo que dice Torres. Cuando es mi turno me doy cuenta que me tiemblan las manos, las piernas, lo dientes, toda yo estoy hecha un gelatina.

Hablo un poco acerca de los principios cooperativistas, de la intención detrás del proyecto la cual principalmente está enfocada en proteger los empleos de quienes trabajamos aquí. Hago una pausa y pregunto si tiene alguna duda, si desea que le aclare algo de lo que hemos hablado hasta el momento. El abogado dice que no, que podemos continuar, entonces, Torres entra a la carga con el plan de negocios que apoya la propuesta de compra que me toca presentar al final. No puedo negar que Torres tiene visión de lo que debe ser el Centro, de cómo debemos seguir evolucionando con el mercado, con las necesidades de nuestros clientes.

—Entonces, su propuesta es completar la adquisición de la empresa en tres años.

Me parece más una afirmación del abogado que una pregunta pero de todos modos le respondo.

—Sí.

—Okey —dice y enseguida pregunta—. ¿Algo más que deseen compartir?

Miro a Torres que hace lo mismo conmigo.

—No —dice Torres—. Solo agradecerle la oportunidad que nos han brindado de presentar esta propuesta.

—¿Sabe para cuándo el señor Evans espera tomar una decisión referente a la venta? —me atrevo a preguntar.

—Le soy sincero, señorita De Luna, con exactitud no tengo una fecha pero lo que sí puedo decirle es que debe ser pronto. Hay otros compradores interesados y desean que la gestión se realice lo antes posible.

Cuando se termina la llamada no sé si reír, llorar o qué hacer. No sé decir si nos fue bien o nos fue mal, todo transcurrió tan tranquilo, no hubo muchas preguntas.

—¿Qué crees, Torres?

—Nos fue bien, De Luna, esa gente es así. Recuerda que esto es una negociación, esto es solo el principio, preparémonos para lo que viene. A propósito, estuve pensando y tal vez, debamos invitar más personas a participar del proyecto, así recaudamos el monto total que necesitamos.

Me quedo sentada en la silla de Torres quien estuvo todo el tiempo de pie.

—¿Por qué no incluiste a esas personas desde el principio? —no lo dejo responder—. Porque no crees que tengan el perfil, las cualidades que se necesita, el compromiso. —Me pongo de pie y camino hasta él, le coloco una mano sobre el hombro—. Tú has hecho un excelente trabajo, Torres, debes tomarte los días de vacaciones que me dijiste, aunque sea solo un par no te vendrían mal. Déjame lo del dinero a mí.

Hoy he salido un poco más tarde del Centro. Cuando terminamos el turno nos reunimos varios de los miembros del proyecto en la oficina de Torres para actualizarlos acerca de cómo nos había ido en la presentación de la propuesta. Creo que *incertidumbre* es lo que describe lo que nuestras caras reflejan.

Brad me espera a la salida de CS, puedo verlo a través de las puertas de cristal, hoy no está al otro lado de la calle, sino que me espera en las escaleras de la entrada. Enseguida que me ve se pone inquieto y yo como que me contagio al instante con su inquietud. Cuando llego hasta él me encierra en un abrazo fuerte que no dilato en devolver. Me invita a cenar para celebrar la presentación del proyecto porque dice que un evento así no se puede dejar pasar. Le digo que podemos celebrar en la casa porque no me apetece mucho salir, sin embargo, cambio de parecer al momento que menciona unas costillas asadas y mi estómago grita «¡sí!»

Cuando estamos cenando junto a David y Tita, que se nos unieron al rato, escucho mi celular que suena. En un principio pienso que es Tommy y ni hago el intento de buscarlo en el bolso, al rato vuelve a sonar otra vez y Brad insiste en que responda. Es un número desconocido, pero cuando contesto la voz es conocida. Torres me dice que acaba de recibir una llamada por parte del licenciado Marion Stuart, que el señor Evans ha aceptado la oferta que hemos presentado hoy y que debemos estar preparados en un par de semanas para finiquitar los detalles de la adquisición. El hombre está feliz, por primera vez escucho felicidad en la voz de Torres. Yo estoy feliz, algo aturdida porque jamás pensé que nos fueran a responder con tal prontitud y mucho menos que esa respuesta fuera a ser una a nuestro favor. Cuando termino la llamada todos me miran y yo empiezo a gritar de la emoción.

Hemos pasado un rato más que agradable, ellos brindaron con margaritas y yo con una piña colada. Por más que intento no puedo dejar de mirar a Brad, la manera en que sus ojos me observan me hace sentir especial, es como si intentara decirme que está orgulloso de mí, aunque por momentos advierto también que su mirada se distrae, y en otros, como si estuviera en alerta de algo. No lo sé, tal vez son mis hormonas que se han puesto a jugar con mis sentidos.

"Es la euforia, Abia."

A eso de casi las diez nos despedimos, David insiste en llevarnos hasta el departamento en su auto y aceptamos.

Brad me invita a tomar un baño con él. Por aquello de darme un poquito de puesto, del que dicen que se debe dar toda mujer, me hago la difícil. Pero cuando lo veo insistir desnudo frente a mí en la puerta del cuarto, mando al carajo el puesto y a todas las mujeres del mundo y voy como perrita dócil agitando mi colita junto a él.

—¿Consiguieron el dinero que les faltaba? —pregunta mientras enjabona mi espalda despacio y yo respondo que sí moviendo la cabeza intentando no salir del trance en que estoy gracias al toque de sus manos—. Me alegra saberlo —dice—. ¿Invitaron más personas a participar del proyecto?

Vuelvo a responderle, esta vez un no con mi cabeza.

—Entonces, ¿cómo consiguieron el dinero, Abia?

—Voy a vender el departamento —respondo. Cuando siento que sus manos dejan de enjabonarme, lo insto a moverse a un lado para meterme debajo de la ducha y quitarme el jabón—. Así que si sabes de algún lugar donde —pauso porque iba a decir *podamos* pero hago la corrección mental y continúo —pueda mudarme, que la renta no sea más de quinientos dólares al mes incluyendo, al menos agua o luz, me avisas.

—¿Vas a vender este lugar?

—Sí.

Lo veo que se queda como piedra mirándome desde el mismo lugar mientras ya estoy fuera de la ducha secándome. Desconozco si se enjabonó como es debido todo el cuerpo pero lo que sí sé es que en segundos lo tengo a mi lado también secándose el cuerpo.

—¿Por qué harías una cosa así? —insiste.

—¿Vender? —Necesito que me aclare.

—Sí.

—¿Por qué no? —le pregunto de vuelta.

—¿Bromeas?

—No, Brad, no estoy bromeando. ¿Por qué no puedo vender este lugar?

—Pero este lugar es importante para ti, tú misma me los has dicho, me has contado cuánto significa.

—Sí, pero es tiempo de cambios. Tú mismo me enseñaste eso, el cambio es inevitable. La única manera de conseguir el dinero es vendiendo.

—Tiene que haber otra manera —dice sujetándome del brazo.

Me detengo y volteo para quedar frente a él.

—Intenté refinanciar pero el banco dice que no tengo el ingreso suficiente para prestarme el dinero.

—¿Por qué no se lo pides a tu papá?

Ahora sí estoy furiosa. Agito el brazo para zafarme de su agarre.

—Cuánta creatividad, Brad —sigo caminando hasta el cuarto y desde allí le hablo alto para que me escuche —. Por si no te has dado cuenta, ya estoy crecidita. Esto no es un asunto de "pídele ayuda a tu papi".

Está conmigo en el cuarto y se pone un pantalón, no es el que usa para dormir.

—¡Pero no puedes vender este lugar, Abia!

Brad está furioso, lo sé porque ya no es mi voz la única que retumba en las paredes del departamento.

—¿Cuál es el problema? —Me paro frente a él—. Este sitio es mío y punto.

Me mira y los orificios de la nariz se le hacen más grande, deja escapar un resoplido seguido de una mueca soslayada.

—No estás pensando con la cabeza, te estás dejando llevar por la emoción, por el deseo de ayudar a esa gente.

—¿Acaso todo esto que nos ha pasado en los últimos meses no ha sido a causa de la emoción? ¿Se te olvida que yo soy de "esa gente" de quien hablas? —Y ahora sí Brad logró sacarme de mis casillas en todos los sentidos—. Si lo que te preocupa es tener un lugar donde vivir, Brad, ya estás grandecito para conseguirte uno por tu cuenta. Además, estoy segura que tú sí tienes una casa y sabe Dios qué más que no me has dicho.

Estoy lista frente a él, con los pies bien aferrados en completo balance para lanzarle el contraataque del próximo asalto. Pero los segundos pasan, la campana no suena y entonces voy escuchando de vuelta en mi cabeza las palabras que le acabo de lanzar al hombre que amo. Cuando veo la mirada que lleva Brad, comienzo a sentir en mi cuerpo el efecto del bumerán, del dolor de ese golpe bajo. Él me dejó con su silencio y se fue del departamento.

Llevo horas en mi ventana deseando verlo aparecer de vuelta en el parque. Son casi las tres de la mañana y estoy a punto de rendirme, de irme a la cama e intentar descansar algo. Voy a la cocina por un poco de agua y antes de irme al cuarto echo una última mirada al banco. Contengo el aliento cuando veo a alguien sentado en él y creo que es Brad.

Tan pronto salgo a la calle siento el viento que lleva consigo bastante frío. No tengo un abrigo, estoy en pijama en el medio del parque caminando hacia Brad.

Cuando llego hasta él, me siento a su lado y digo lo que sé que debo decir.

—Lo siento, no debí decir eso… lo que dije.

—También lo siento, tampoco debí decir eso… lo que dije.

Nos quedamos en silencio hasta que Brad habla:

—¿Puedo abrazarte?

No le respondo porque lo abrazo yo a él primero.

—Solo quiero que me apoyes en esta decisión como lo has hecho con todo el proyecto. No sé qué hubiera hecho si no me hubieses apoyado en esto. Este logro es en gran parte gracias a ti.

Siento que me da un beso en la cabeza y me abraza todavía más fuerte.

—Abia, yo te apoyo, no sabes lo orgulloso que me siento de ti. Sé cuánto te desvives por ayudar a los demás y ni cuenta te das cuando lo haces porque eso es parte de ti, porque esa eres tú, porque no te levantas todos los días diciendo, «hoy voy a ayudar a cuatro personas, o mejor a seis, no, no, que sean diez.» Creo que en todo hay límites, porque está bien ayudar pero hay que saber cuándo decir hasta aquí, ya no más. Solo te digo esto para que sepas lo que pienso, no intento hacerte cambiar de parecer. —Frota sus manos en la piel de mis antebrazos que está fría—. Vamos adentro que hace frío y te puedes enfermar.

capítulo 30

THEO

—¿Me estás viendo la cara de pendeja?

En realidad quiero responderle que sí, que se la estoy viendo porque de eso es la cara que lleva ahora y muy probable la que llevo yo también.

—No, Liz, no te estoy viendo la cara de pendeja. ¿No te das cuenta que la cara de pendejo la traigo yo?

—Theo, no puedo llamar ahora a esa gente y decirles que no vamos a aceptar su propuesta. Ya tienen las piezas de promoción editadas, las acabo de aprobar hace menos de una hora.

—Desapruébalas.

—No puedo hacer eso.

—Sí, sí puedes hacerlo. Vamos, yo te acompaño y tú hablas.

—Pero, ¡¿por qué?!

—Porque las "estrellas" principales no van a firmar el *release*.

—¿Sabes lo que esto significa?

—Sí, Liz, debut y despedida. —le extiendo mi mano con un cd en ella—. Ofréceles otra vez el piloto inicial.

Me lo arrebata y lo lanza de vuelta hacia mí. Logro esquivarlo pero la suerte del cd no es prometedora.

—Ya lo rechazaron una vez, Theo —advierte—. No quieren el proyecto viejo, quieren el nuevo.

Anoche, después de hacerme la imagen de cómo quedará mi nombre en la industria cuando este papelón se riegue en el medio, entregué a papá todo el material que tenía en mi poder. No era lo que en realidad quería hacer. Lo que quiero hacer es publicar la bendita historia. Pero entregarlo es lo correcto. Me costó el sermón del siglo por parte del viejo. Al menos me felicitó por la creatividad. Pero ¿de qué me vale la creatividad si de ella no puedo vivir, si no me genera nada? Papá me hizo entender cuán grave era lo que había hecho, la invasión a la privacidad. Estuvimos un buen rato viendo los primeros capítulos que ya teníamos editados, hasta el viejo se interesó por la historia y lamentó que no se pudiera utilizar. Intenté ponerme creativo a ver si papá ideaba una manera en la que pudiéramos usar el material sin el consentimiento de Brad o la muchacha, pero no hubo manera. En realidad sí la hay, podemos usar el material sin permiso y luego atenernos a las demandas. El riesgo es demasiado pues dependeríamos de tener una gran suerte y que el programa genere una cantidad de ingresos suficientes como para pagar las demandas que, de seguro nos lloverían, y luego disfrutar el sobrante.

Habría que ser demasiado suertudo.

Y cuando pensé que me había llegado el golpe de suerte, me di cuenta que no.

capítulo 31

BRAD

Anoche, cuando me fui del departamento en plena discusión, llamé a Marion para decirle que abortara cualquier acción para venderles el Centro a los empleados. Estaba furioso, pero no con Abia, no por la bobería que me dijo, sino por mí, porque todo este embrollo es mi culpa. No quiero que ella sacrifique el único recuerdo que tiene de su madre por ayudar a los demás. Marion me dio una idea, me dijo que por qué no le compraba yo el departamento. No lo sé, tal vez, eso complique todavía más las cosas.

Cuando voy de camino al trabajo prendo el celular para llamar a papá y asegurarme que Theo le entregó el material. Enseguida me entran las alertas de que tengo varios mensajes de voz. Los escucho antes de llamar a papá.

Es Theo.

Se escucha agitado y tose.

En un mensaje dice que lo siente.

En otro dice que no sabe cómo pasó.

En los dos que le siguen dice que está seguro es una estrategia de ellos para presionarnos a que le vendamos el material.

"¿De quién hablas, Theo?"

En ese preciso instante entra una llamada de él.

—AB, carajo, al fin te consigo.

—¿Qué diablos pasa, Theo?

—¿Cómo te digo? Es que…fíjate.

—Acaba y dime.

—¿Y si te lo adorno un poco?

—¡Dime! —Me parece escuchar la voz de papá en el fondo—. ¿Ese es el viejo? ¡Acaba y dime qué pasó!

—AB —es papá.

—¿Qué pasó, viejo?

—La gente de Xilften acaba de publicar el adelanto promocional de *Reality* —Y yo pienso, *"¿qué carajo es Reality?"* pero cuando mi mente comienza a tomar conciencia de lo que en realidad acabo de escuchar—: Tu proyecto —completa papá.

capítulo 32

ABIA

Voy camino a CS, llevo conmigo una mezcla de emociones. Esta mañana revisé el email y tenía varios mensajes de Tommy, en el último me decía que ya había resuelto casi todo y que esperaba estar de vuelta como tarde en un mes. También me contaba que regresar le había tomado un poco más de tiempo de lo que pensó porque su pareja debía dejar todo arreglado. Cuando leí que venía con una pareja, me puse feliz, pero a la misma vez inquieta porque no tengo idea de cómo va a funcionar esto. ¿Cómo lo tomará Brad? Aproveché para borrar como veinte mensajes de Tita con enlaces a YouTube, no acaba de entender que no me interesan sus vídeos. Lo que debe hacer es decidirse a participar en un *reality* de esos. Ella canta hermoso, no tengo duda que, si se atreviera, le iría muy bien.

Cuando entro al edificio noto las miradas extrañas de algunos sobre mí. Pienso que tal vez la voz se regó, no es fácil mantener secretos en un lugar donde tanta gente trabaja. Después de dejar mi huella digital en el ponchador, voy camino a mi estación, entonces oigo a Torres.

—De Luna —me llama desde la puerta de su oficina, tiene las cortinas cerradas.

Lo miro, me hace señas que vaya hasta allá. Dejo el bolso debajo de mi escritorio y me dirijo hacia él. Se echa a un lado para que yo quepa por la puerta y cuando entro veo que Tita está sentada en una de las sillas frente al escritorio.

—¿Te enteraste? —le pregunto, al instante pienso que por la cara que trae creo que todavía Torres no le dice la buena noticia. Pero entonces intento adivinar qué es lo que pasa.

—Siéntate, De Luna —ordena Torres.

No me siento porque sin saber la razón presiento que voy a querer salir de este lugar más pronto de lo que imagino.

Algo pasa y no logro adivinar qué puede ser.

—¿Qué sucede, Tita? —le hablo directo a ella.

Veo que mi amiga cierra los ojos y respira profundo.

—Eso queremos saber nosotros, Abia —me dice en el tono corajudo que ya conozco.

—Por favor, siéntate, Abia —vuelve a decir Torres, esta vez no lo recibo como una orden, sino como una súplica y todavía más me alarma cuando me ha llamado por mi nombre y no mi apellido.

Hago lo que tanto parece querer Torres, me siento junto a Tita.

Pongo mi mano en su brazo.

—¿Qué pasa? —insisto en un murmullo.

Mi supervisor voltea el monitor de su computadora hacia mí y un vídeo comienza a correr.

Se escucha una música.

Aparecen unas letras.

¿Qué diablos es esto?

¿Acaso ese es Brad?

Y esa.. ¿esa soy yo?

¡¿Qué?!

Miro a las cuatro esquinas de la oficina buscando las cámaras escondidas.

—Esto es una broma, ¿verdad?

Ninguno de los dos me responde y Torres vuelve a darle play al vídeo.

Poco a poco las imágenes van trayendo los recuerdos de momentos compartidos con Brad, de nuestros momentos los pasados meses.

—Si esto es una broma, quiero que sepan que no le veo la gracia, que es de muy mal gusto —les digo y me paro.

—Dímelo tú, De Luna, ¿qué clase de broma es ésta?

—¿De qué hablas? No tengo idea de dónde salió eso.

Siento que las manos comienzan temblarme y respiro rápido. Enseguida tengo a Torres a mi lado y me agarra por el brazo para darme apoyo.

—Siéntate, Abia —me dice intentando ocultar su coraje—. ¿Quieres un poco de agua?

—¿Qué es eso? —insisto a Tita a quien veo un poco nublada por las lágrimas que ya opacan mis ojos.

Siento su mano en mi otro hombro.

—¿De verdad no sabes qué es, Abia?

—No tengo la menor idea, Tita, no la tengo. Mírame. ¿Te parece que miento?

—Eso es una promoción que ha publicado hoy Xilften de un nuevo programa que van a lanzar, un *reality*.

Intento decir ¿qué? pero las palabras no me salen.

—Por lo que veo parece que no estás al tanto de nada —dice Torres—. Imagino que tampoco sabías que tu *room-mate*, Brad, es en realidad Anthony Bradley Evans, el dueño de este lugar.

—¿Del Centro? —logro hablar y quisiera no haberlo hecho.

—De CS, de la silla donde estás sentada ahora mismo, de la computadora que te enseña ese programa y de esta bendita oficina.

Miro a Tita todavía con la esperanza de que ella me diga que esto es una broma porque sé que en algún momento va a decirme ¡sorpresa!

"Por favor..."

"Vamos, Tita."

"Dilo."

"Dilo."

"Por favor..."

—David, me hizo el favor de compartir los documentos oficiales: identificación y certificado de nacimiento que presentó Brad cuando comenzó a trabajar con él. Su nombre real es Anthony Bradley Evans, nació en Miami y en efecto parece ser el dueño de este lugar.

Yo solo siento que algo me aprieta el pecho.

"¿Brad?"

El teléfono de la oficina de Torres suena, escucho que contesta pero no pongo atención a lo que habla, cuando cuelga nos informa:

Era el abogado, Stuart, dice que todo es un malentendido, que el señor Evans, "Brad", desea hablar con Abia antes de reunirse en persona con nosotros.

Yo no quiero hablar con Brad, ¡¡¡quiero matarlo!!! Y creo que no puedo disimularlo.

—Abia, toma las cosas con calma. En tu estado debes pensar con cautela —me dice mi supervisor, quien se quemó las pestañas estas pasadas semanas junto a mí y a Brad, por lograr el proyecto del Centro.

Torres ofrece llevarme de vuelta a casa, dice que hoy no es un día para trabajar. Insisto en quedarme y cubrir mi turno porque no quiero ir al departamento, sé que Brad o Anthony, como sea que se llame, va a estar allí y no quiero verlo.

Todavía no.

Intenté sentarme en mi estación y hacer mi trabajo como todos los días, sin embargo, tuve que desistir pues el dueño de este lugar insiste en hablarme y yo no quiero escucharlo.

Ya para el mediodía siento que necesito un descanso. Tita tiene razón, tarde o temprano tendré que enfrentarlo, tal vez, valga la pena más temprano que tarde.

Por un momento tuve esperanza de no encontrarlo en el departamento, de que estuviera en cualquier otro lugar. De camino a mi piso Tita llamó a David para preguntar si Brad estaba trabajando y este le dijo que le había pedido el día libre a última hora. Supe en ese momento que allí estaría sentado, en mi sofá.

A menos que fuera un cobarde.

Brad no es cobarde.

Anthony, no lo sé.

Tita sube conmigo hasta el tercer piso y entra al lugar detrás de mí, cuando me detengo en medio del comedor porque veo a Brad sentado en el sofá, ella choca contra mi espalda.

Lo veo ponerse de pie y estrujarse las manos en el pantalón. Soy tan estúpida que quiero ir hasta él.

—¿Quieres que lo saque? —me pregunta Tita al oído.

—No —le respondo en voz alta para que él me escuche—, yo misma lo sacaré después que me diga toda la verdad.

capítulo 33

BRAD

Pensé no venir.

Intenté darle algún tiempo.

Tal vez un par de días serían suficientes.

No pude.

Es preciso que Abia me mire a los ojos cuando le diga la verdad de lo que ha pasado. Cuando la veo entrar a su departamento siento que he cometido un error.

Otro más.

Creo que debí esperar.

No es furia con lo que me mira, es tristeza, decepción. La conozco muy bien, esa mirada, porque es la misma con la que mamá llegaba al colegio cada vez que la mandaban a buscar por alguna pelea que yo había iniciado.

—Puedo explicar todo, Abia, pero no sé si sea el mejor momento —detengo mis ojos por un breve momento en su vientre—, no quiero causarte un mal rato... otro más —añado.

—Estoy segura que sí eres capaz de hacerlo, Brad o cómo diablos sea que te llames. Vas a explicármelo todo y también causarme el mal rato, aunque no sé si peor del que tuve esta mañana en el Centro cuando Torres me mostró la promoción de tu programa.

—Si prefieres, me voy y hablamos cuando desees, cuando te sientas mejor —insisto.

—Ese es el problema, que no sé cuándo voy a sentirme mejor. —Se acerca hasta mí y me da con el dedo índice en el pecho—. Ahora... ahora es que quiero que me lo expliques todo —la voz le tiembla y yo solo quiero abrazarla, decirle que lo siento, que lo siento... lo siento...

"Lo siento, Abia."

"Lo siento..."

"Lo siento..."

—AB, así me llama mi familia —comienzo a decir pero me interrumpe.

—Te voy a hacer esto facilito, de todo lo que sé de ti, de lo que me has hecho creer, dime qué no es cierto.

—No te he mentido, Abia, solo omití el hecho de que soy el dueño del CS.

—¿Solo eso? —sonríe pero lleva furia en los ojos.

—Sí.

—¿Y qué tal el otro pequeño detalle de las grabaciones, de un programa?

—Ese es otro asunto —señalo el sofá—, creo que es

mejor que te sientes.

Mira el mueble.

Luego a mí.

Otra vez al sofá, camina y se deja caer.

—Ya estoy sentada, habla.

Llevo rato intentando contarle a Abia los hechos en el orden preciso que han pasado, desde el momento en que concebí la idea de regalar mi dinero hasta la llamada de Theo esta mañana para decirme lo del vídeo publicado. Le relato detalles de la reunión con papá y mi hermano, la idea del proyecto y por qué busqué la ayuda de ellos. También le digo de las veces que intenté evadirla, que me negaba elegirla para mi proyecto, pero que fue inevitable hacerlo porque mi corazón la quería para algo más y se negaba a dejarla ir. Le confieso que al principio grabé nuestros encuentros al igual que mis experiencias en la calle pero que lo hice solo por un par de semanas, que cuando entendí lo que sentía por ella, desistí de la idea del proyecto y de las grabaciones también. Entonces, entra mi hermano Theo en la ecuación.

—¡¿Qué tu hermano hizo qué?!

Me pongo de pie y no puedo evitar caminar de lado a lado frente a ella.

—Instaló cámaras en este lugar y dejó a alguien grabándonos las veinticuatro horas del día. Te juro, Abia, te juro que fue sin mi autorización. Yo mismo, hace más de un mes le dije que el proyecto estaba cancelado, que no seguiría con los planes.

—¿Así que Theo, tu hermano, es el culpable de todo? Menudos hijos se gastan tus padres.

Me paso las manos por el pelo hasta la nuca.

—No estoy seguro que tenga toda la culpa —me detengo frente a Abia—. Él dice que ayer mismo le notificó a la gente de Xilften que no le vendería el material porque no sería posible conseguir las autorizaciones legales, la de los derechos de nosotros, la tuya y la mía.

—¿Y de todos modos ellos se atrevieron a publicarlo, a arriesgarse a una demanda?

—Así parece.

—¿En serio crees que voy a comerme ese cuento también? ¿Que esa gente de verdad van a arriesgarse de esa manera?

—Dice mi viejo que es una estrategia para presionarnos, para conseguir que le vendamos los derechos de la historia.

—Sí, claro, es que como se me olvida que ustedes son de ese mundo, que conocen cómo se manejan las cosas en ese ambiente, que son una partida de mentirosos.

—Abia, ya he hablado con Marion, mi abogado —añado—, creo que ya lo conoces, dice que podemos demandarlos, que podemos hacerlos pasar un mal rato por atrevidos.

La veo mirar hacia el techo en varias direcciones.

—¿Todavía están instaladas las cámaras aquí? ¿Están grabando las cámaras en este momento?

—Eso creo, no estoy seguro.

—Me encantaría que te escucharas, que te vieras cómo luces pronunciando la palabra atrevido —se pone de pie—. ¿Crees que lo que me interesa es el dinero, que me interesa meterme en un brollo legal con esa gente? Se ve que no me conoces. Claro, ¿cómo vas a conocer a una persona en tan poco tiempo? ¿Por qué no me dijiste que eras el dueño del Centro? ¿Por qué no lo hiciste?

—No sabía que trabajabas allí. Me enteré cuando me dejaste entrar aquí, cuando vi tu identificación y en ese momento no imaginé que la venta de CS se convirtiera en lo que ahora significa para ti, para los demás.

—Pudiste haberme dicho, en cualquier momento pudiste decirme, pero no, fingiste, todo este tiempo has fingido ser alguien que no eres. Te sentaste horas en esa mesa junto a mí, ayudándome a montar una farsa, una maldita farsa porque nada del maldito proyecto es verdad.

Silencio.

Silencio.

Y más silencio.

—Soy una inútil —dice en un susurro casi inentendible.

—No hables así. Esto no es una farsa, Abia, sabes que el proyecto significa mucho para ti. Por eso no dije nada, por eso me callé sabiendo que todo podía terminar mal, que tarde o temprano tendríamos una conversación como esta donde me llamarías mentiroso y me mandarías al carajo. Pero no podía quitarte la ilusión de lo que creías ser capaz —el timbre de voz se me eleva un poco—, de lo que fuiste capaz.

—No seas hipócrita. Nada de esto es realidad, Brad, AB, Anthony o quien demonios seas, nada es real.

Silencio.

Silencio.

Silencio.

—Te di mi intimidad y ni tan siquiera sé cómo llamarte.

—No es cierto, Abia, no es cierto. Soy yo, un nombre no cambia la persona que soy. Nosotros somos reales, estos meses han sido reales, lo que yo siento por ti es real —me atrevo a agarrarle una mano—, lo que sentimos. Dime qué puedo hacer para arreglar este desastre, dime, amor, qué puedo hacer, por favor, dime.

—Por mis compañeros en CS, vas a venderles el centro a la mitad de lo que hemos acordado —remueve su mano de mi agarre—, por mí, recoger tus cosas y asegurarte que no te vuelva a ver el resto de mi vida.

—Por favor, Abia, dame la oportunidad de enmendar el daño, esto no puede acabar así.

La veo correr hacia el cuarto.

—¡Abia! —Se detiene pero permanece de espaldas a mí con los puños cerrados—. Vamos, corre a encerrarte en tu cuarto, huye como siempre haces cuando tienes miedo, como una niña engreída cuando no tienes el coraje de enfrentar las cosas. ¡Se te olvida lanzarme uno de esos insultos que te funcionan como bola de humo para hacer tu escape!

Estoy furioso.

No quiero que se encierre.

Quiero que se quede aquí conmigo.

Que me deje abrazarla.

Gira en el mismo lugar y las lágrimas que le mojan el rostro terminan de destrozar los pedazos que me quedan de lo que era mi corazón.

—Te recomiendo que dejes esto aquí.

—Háblame, Abia, no te encierres.

—No tienes idea de lo que sería capaz en estos momentos si me quedo respirando el mismo aire que tú.

—Ven, Abia, no te encierres, háblame.

—Anthony Bradley Evans —deja escapar una carcajada silenciosa—, voy a encerrarme en ese bendito cuarto,
mi cuarto, lejos de ti, lejos de donde no me hagas daño,
donde tus mentiras no me alcancen, porque mi burbuja,
donde único me he sentido segura de quien quiero ser, de lo
que quiero hacer, la que tú prometiste construir una y otra
vez para nosotros, ya no existe porque un gringo hijo de
puta con nombre de maricón la rompió.

"My wish came true."

Siempre pensé que cuando la verdad saliera a flote ella
me llamaría mentiroso y me mandaría al carajo. No sé por
qué pero tengo la sensación que me ha ido peor.

"Shit."

capítulo 34

ABIA

He visto en películas que cuando abren la compuerta de un avión en pleno vuelo, la presión comienza a succionar todo lo que hay en su interior: la gente, el equipaje, los planes que cada uno de esos viajeros tenía al llegar a su destino.

Un hueco se ha abierto en mi burbuja.

Nada sale.

Todo entra.

Entran verdades que no sé cómo dar por ciertas.

Entran datos que no quisiera que fueran realidad.

No he podido dejar de llorar desde que él se fue. *"Desde que lo botaste, Abia."* Quisiera poder enfrentar esto así como en un corto de cine, en treinta segundos resolver todo.

Rápido.

Conciso.

Al grano.

Sin perder el tiempo.

Sin que duela tanto.

Soy tan idiota que lamento no haberle dado un beso antes, aunque fuera el último.

Cierro los ojos y suspiro.

"Tan solo el último."

Lloro, como dije, por lo idiota que he sido, por lo estúpida en haber dejado que las cosas pasaran como lo hicieron pero por lo más que lloro es por él, porque más temprano que tarde todo acabó justo como yo temía que pasaría, mal.

He gastado las pasadas horas viendo una y otra vez el maldito vídeo. No puedo evitar repasar cada momento vivido con él, es como si mi cabezota quisiera obligarme a decirle qué es cierto y qué no.

No puedo hacerlo.

Aunque intente poner en orden cada pieza de este rompecabezas no puedo decir qué es real y qué no. Cuando el corazón me dice que su mirada de admiración era real, la razón me dice «¿estás segura, Abia?» Estúpida razón, quisiera que no viviera en mí.

Duele demasiado.

Me duele Brad.

Me duele Anthony.

Me duele Bradley.

Me duele AB.

Me duele él.

Nuestra historia duele.

Y no quiero que me duela.

No quiero.

Hace un rato llegó Teresa. Llamé a papá cuando en un llanto imparable sentí demasiado miedo. Necesitaba alguien a mi lado y solo pensé en él, también en Tita pero ella está trabajando y no es justo que la moleste con mis problemas. Papá contestó al primer timbrazo y dijo que le tomaría al menos una hora en llegar porque estaba en una junta, sin embargo, en minutos Teresa tocaba a la puerta de mi departamento. Después de un «buenas tardes», caminó detrás de mí y se sentó a mi lado en la cama, no ha parado de acariciarme el pelo, no dice nada pero su consuelo silencioso parece ser todo lo que necesito.

Quisiera poder agradecerle.

De verdad quisiera.

Al rato siento que Teresa se levanta de la cama y en un corto espacio de tiempo escucho la voz de papá.

—Abia, cariño, aquí estoy.

Me aferro a él como su niña pequeña, la que nunca creció, la que sabe que en el fondo soy. Aunque intento controlar el llanto, no puedo porque recuerdo que si no fuera por Brad, tal vez este momento no existiría, tal vez todavía el silencio entre papá y yo estaría separándonos como un gran bloque de hielo.

—Shhh.. —sigue consolándome sin cuestionar.

Cuando me calmo un poco, Teresa sugiere que empaque algunas cosas y me vaya con ellos al departamento de papá. En el auto les relato como puedo la historia, la comedia que he protagonizado sin saberlo. Estoy avergonzada. Andrés De Luna no dice nada, tampoco su mujer, no cuestionan, solo escuchan.

Anoche, después de tomarme un té de tilo que me preparó Teresa, me la pasé mirando las cuatro paredes y el techo. Mi antigua habitación es diferente, todo ha cambiado, las paredes son ahora blancas y no hay rastro del color rojo que puse en ellas, de las alineaciones de los planetas que un verano, junto a Tommy les dibujé. El juego de cuarto es nuevo, las sábanas también.

Todo ha cambiado.

Es diferente.

Es bonito.

Me gusta.

Está bien, acepto que también me la pasé mirando al celular peleando con las ganas de llamarlo y alimentando las esperanzas de que lo hiciera él, que me llamara.

Tonta que soy, si no tengo su número y desconozco si él tiene el mío.

Hace un rato Tita me llamó para saber cómo seguía, me dijo que al salir del Centro fue a mi departamento pero como nadie respondió, quería asegurarse que yo estuviera bien, dentro de la situación, pero bien. Insistió en que quería verme.

Llevamos un rato en el que era mi cuarto en el piso de papá. Después de hacerme una trenza y deshacerla y volvérmela a hacer me dice:

—Lo siento, Abia, no tenía idea de la gravedad del asunto. Si hubiese sabido, no le enseñaba el vídeo a Torres. Es que me sorprendí cuando me llegó esa publicidad al email. No podía creer que era Brad, que eras tú y cuando David me confirmó su nombre, cónchale, me dio tanto coraje con Brad que no pensé cómo eso podría afectarte.

—No es tu culpa, Tita, hiciste lo que tenías que hacer, lo correcto.

—Hoy estuvo él, Brad —aclara, no la culpo por tener que hacerlo, yo no sé ni cómo llamarlo—, en CS —completa—. Se reunió con nosotros, los que formamos parte del proyecto, para ofrecernos disculpas. Dijo que está sumamente avergonzado de que la situación haya tomado un giro inesperado. —Extiende una mano y con ella agarra mi trenza y la acomoda con delicadeza sobre mi hombro, luego, sonríe con sutileza—. Dijo que está muy orgulloso de ti y de todos los demás, que le avergüenza no haberse dado cuenta antes de la calidad de seres humanos que trabajan día a día allí. Anunció que ya no venderá el Centro.

—¿Qué? Hijo de pu…

Tita no me deja terminar.

—Que no lo va a vender —vuelve a sonreír, esta vez mucho más—, nos lo va a regalar.

Entonces me quedo sin aire y hago un retiro mental del insulto.

Se me encoge el corazón.

Quisiera tenerlo frente a mí.

No sé si lo abrazaría o le pegaría.

No lo sé.

—Como si eso lo librara de todo pecado —digo sin querer hacerlo solo en un intento de que Tita no se dé cuenta de lo que en realidad siento cuando la escucho decir eso.

—Al menos es un paso más hacia arriba en las escaleras al cielo. —Me hecha una mano sobre los hombros—. Él está tratando de arreglar las cosas, Abia, aunque sea dale el mérito. El tipo me cae bien y me encanta cómo brillas todita tú cuando estás junto a él.

Gratitud.

Eso es lo que le brilla a Tita por Brad.

Eso es lo que hace que ella, mi amiga, quien debería estar de mi lado en esto, lo esté defendiendo.

A medida que pasen los días, las horas y minutos alejado de nosotros, de mí, él irá abriendo los ojos poco a poco y entonces verá brillar ante sus ojos la palabra gratitud.

Con certeza lo que Brad sintió por mí.

Acabo de añadir una palabra más al listado de "palabras que odia Abia".

Gratitud.

Debería sacarla del listado de mis palabras favoritas.

Pero no puedo.

No quiero.

Quisiera decir cuánto deseo poder darle no tan solo el mérito a Brad, sino la oportunidad para que arregle también mi corazón.

Pero ¿cómo?

—¿Cuándo piensas volver a la oficina?

Suspiro.

—Espero hacerlo la próxima semana, necesito pensar.

—Pero ¿está todo bien—sonríe—con el renacuajo?

Y yo también sonrío cuando pienso en mi renacuajo.

—Sí, gracias a Dios todo bien.

Teresa, que regresa del trabajo a la casa primero que papá, invita a Tita a quedarse para la cena, aunque insiste, Tita agradece pero se excusa, dice tener ya compromiso con David.

Cuando estamos en la mesa del comedor papá llama y avisa que va a hacer el intento pero teme que está un poco retrasado y le será difícil llegar a tiempo. Teresa y yo comenzamos a comer en silencio.

Da un bocado.

"Esta mujer es fina."

Me mira.

"Es linda. Me hace pensar en cómo sería mamá a esa edad si estuviera con vida"

Sonríe.

"No sé cómo pero siento que sí quiere a papá y mucho."

Otro bocado.

"Me viene la imagen de papá cuando está junto a ella y la manera en que le brillan los ojos cuando la mira."

Vuelve a observarme.

No lo hace con pena.

Ahora toma agua.

"Creo que no soy lo que, tal vez, ella esperaría por hijastra."

Otra vez sus ojos se detienen en mí.

"Estoy segura que debe estar arrepentida de haberme instado a reconciliarme con papá."

Sonríe otra vez, luego Teresa deja de sonreír para hablar:

—Sé que no debe ser fácil para ti estar en una situación como esa.

—Quiero perdonarlo —digo porque... ah, ¿por qué le digo algo así a esta señora que no conozco? No sé ni por qué lo digo.

—Perdónalo.

—Si fuera así de simple —le digo y me da pena en el tono en que lo hago.

—¿Te engañó con otra mujer?

—No.

—¿Un hombre?

—No —abro los ojos un poco más. *"¿Me estará corriendo la máquina esta mujer?"*

—¿Alguna vez ha atentado contra tu seguridad o tu dignidad?

—Creo que no —y sonrío porque no puedo evitar recordar la única violencia que he sentido de Brad, sus peos.

—¿Entonces? —pregunta.

—No sé si puedas entender, Teresa.

—Lo intentaré.

De pronto siento que puedo confiar en ella.

—Tengo una vocecita en la cabeza que no para de preguntarme «¿cómo voy a poder confiar en él con lo bien que mintió, que me ocultó quién era en realidad?» No puedo ni quiero andar todo el tiempo en un estado de duda. Eso no es vida.

Vuelve a sonreír y se limpia la comisura de los labios con una servilleta de tela.

—Abia, ¿te ha contado tu padre cómo nos conocimos?

Niego en silencio.

—Fue en la inauguración de un complejo vacacional. Él era un invitado y yo la encargada de mercadear las propiedades del proyecto. Cuando lo vi, llamó mi atención su elegancia y ese porte recto que lo distingue, pero algo en él hizo que no me interesara más allá. Lo percibí como un hombre rígido e inflexible. A la semana recibo la llamada de un cliente potencial, dice ser un arquitecto que necesita los servicios de corredores de bienes raíces para un proyecto muy importante en el que trabaja. Acordamos reunirnos en un almuerzo de negocios. Llegué con unos minutos de retraso, ya en la mesa me esperaba el cliente, tu papá. Esa tarde tomamos el almuerzo, me habló del proyecto y todas las expectativas que tanto él como su socio tenían respecto a mis servicios. Acordamos reunirnos en una segunda ocasión con la intención de que yo le presentara una propuesta para mercadear el proyecto, Andrés no perdió la oportunidad para sugerir que esta vez fuera una cena. Tuvimos seis reuniones entre almuerzos y cenas intentando ponernos de acuerdo en el paquete de servicios que mi compañía finalmente le ofrecería. Me tenía ya frustrada que no pudiera lograr un acuerdo con él, usualmente a la tercera reunión ya estoy firmando contrato con mis clientes, pero no, Andrés De Luna estaba mostrándome que sí era lo que yo había percibido de él cuando lo conocí, pura inflexibilidad. Cuando me fui a despedir en la sexta reunión, que era una cena en *Mortnon's*, le di a tu padre una tarjeta de un colega y le dije que lo llamara, que tal vez, sí se sentiría satisfecho con su propuesta y acabaría por firmar contrato con ellos. Tenías que ver la cara de Andrés cuando le dije que no habría una séptima reunión entre nosotros. Allí lo dejé, solo parado frente a la mesa del fino restaurante.

Teresa hace una pausa y toma un poco de agua mientras parece recordar lo siguiente que me relatará.

»En las dos semanas siguientes no llamó a mi colega, tampoco a mí. Se apareció un día en mi despacho, no avisó antes y tampoco tenía cita. Me pidió unos minutos a solas en mi oficina y entonces allí me confesó que no había proyecto, al menos no uno terminado el cual se pudiera mercadear en esos momentos, que todo había sido una excusa para invitarme a cenar, para compartir conmigo. Se excusó de mil maneras diferentes. Me dijo que no sabía cómo hacerme el acercamiento para invitarme a cenar, que hacía tanto tiempo que no lo hacía, invitar a alguien a una cita formal que se acobardó. Ese cuento del tímido no me lo iba a comer. Me puse tan furiosa que le pedí que se fuera y no me volviera a contactar, ni tan siquiera cuando tuviera un proyecto disponible. Sentí que me vio la cara de idiota. Tenía tanto coraje con él por atrevido y mentiroso y conmigo por no haberme dado cuenta de cuál era su jugada. Pasaron dos semanas más desde el día que lo boté a insultos de mi oficina. No hubo momento en el que no deseara que mi teléfono sonara y fuera él para indicarme una cláusula nueva del contrato en la que no estaba de acuerdo. Todos los días, el primer email que recibía era el de tu padre dándome una razón por la cual debía ofrecerle una segunda oportunidad.«

—¿Y cada día te daba una razón diferente?

Estoy sorprendida, al punto de dudar si ese, de quien habla, es en verdad mi papá.

—No, siempre era la misma, «porque cuando estoy junto a ti nada más parece importar». ¿Cómo le iba a dar una oportunidad a un mentiroso? Sencillo, linda, porque ese "mentiroso" me hacía sentir especial, porque para mí también cuando estaba con él todo lo demás dejaba de importar.

—Así que le diste una oportunidad —completo.

—*Nos* di una oportunidad, Abia, ¿entiendes la diferencia?

Papá entra en el comedor y no me di cuenta cuando llegó.

capítulo 35

ANDRÉS DE LUNA

Logré llegar a la casa antes de lo que pensé. Todavía Abia y Teresa están en el comedor cenando. Cuando me acercaba, pude escuchar la voz de mi querida mujer, de quien me ha hecho volver a creer en el amor después de tanto tiempo de soledad. No quise interrumpirla, en cambio, me quedé escondido tras la pared escuchando el relato de Teresa y cómo llegamos hasta aquí.

—A veces queremos que las cosas sean blanco o negro, Abia —salgo del escondite—, que sean correctas o incorrectas —me acerco a ella y le doy un beso en la cabeza— porque nos facilitarían todo en la vida —ahora lo hago con Teresa pero en los labios y me siento en la silla junto a ella—. Todo se resumiría a un sí o un no, no existirían los tal vez. Pero no es así, las personas tenemos diferentes motivos que nos instan a actuar de maneras diferentes; miedos, inseguridades, objetivos, voluntades, ignorancia y hasta inmadurez. Tú muy bien lo sabes.

—¿Y qué de la confianza, papá?

—No estoy diciendo que perdones al muchacho, que te olvides de lo que pasó y ya, solo te digo que no te encierres en la falta, sino que mires, analices y valores los motivos que hubo detrás.

—No puedo entender por qué me siento tan estúpida cuando pienso en cuánto lo quiero.

La confesión de Abia me hace sonreír. Teresa pone su mano sobre la mía que descansa sobre la mesa.

—No es necesario que lo entiendas, linda —le dice a Abia sonriendo.

—El corazón no piensa, hija —completo dándole un beso en la mano a mi mujer.

Puedo descifrar la batalla de sentimientos que mi hija lleva en el rostro, en su corazón. Suelo ser un hombre de palabra, cuando tomo una posición es porque ya he analizado los diferentes ángulos y sé que es la más conveniente. La noche de la cena, la que terminó como el Rosario de la Aurora, decidí tomar una postura porque creí que era la mejor, porque cuando ese muchacho, Brad apareció un rato más tarde en mi puerta no imaginé que venía a darme una lección.

—Abia, la noche de la cena, después que ustedes se marcharon, ese chico, Brad, regresó como una hora más tarde —mi niña rebelde abre los ojos mucho más y me recuerda tanto a su madre—. Solicitó permiso para pasar el cual le otorgué con la única intención de estar en mi zona de confort a la hora que tuviera que darle la mandada al carajo.

»Se presentó en esa ocasión como Anthony Bradley Evans, me dijo que era un profesor de economía oriundo de Miami y que se dedicaba a realizar obras misioneras. Me contó, además que su propósito en la isla era hacer un proyecto para mostrarle al mundo que sí existen todavía almas nobles pero que cuando tropezó contigo todas sus intenciones cambiaron. También dijo ser el dueño del sitio donde trabajas y reveló la idea que concebiste para salvar el lugar y los empleos de tus compañeros y el tuyo. Cuando le pregunté por qué me decía todo aquello, que eso a mí no me importaba, que lo que me importaba era que tú estuvieras bien. Respondió que pensaba que era necesario para que yo supiera todo lo que tú vales, lo valiente que has sido aunque no sea diseñando edificios grandes como me hubiera gustado.«

—¿Tu sabías quién era él en realidad, papá? —La boca se le queda abierta.

—Sí, Abia.

—¿Y también sabías que yo no estaba enterada de toda esa historia?

—También estaba enterado.

Agita la cabeza en negación.

—No lo entiendo. ¿Por qué no me dijiste?

—Pude hacerlo, en cualquier momento me aparecía en tu piso y te lo contaba. Entonces, ¿de qué hubiera valido todo lo que has hecho?

—Tal vez, me hubieses ahorrado todo esto que siento que me está acabando.

—Tal vez, Abia, sin embargo, decidí sacrificar el ahorrarte esa desilusión por darte la oportunidad de encontrar tu propósito. Lo mismo hizo el muchacho, sacrificó lo que siente por ti para que pudieras lograr tu propósito.

—Me mintió.

—No te dijo toda la verdad —le aclaro.

—Da igual, la verdad a medias no es verdad.

—¿Acaso no vale la pena a veces guardase un poco de verdad?

—Me estás golpeando bajo y lo sabes, papá.

—Con mis palabras no intento darte un golpe bajo. ¿Qué lograría con eso? Lo que intento es abrirte los ojos para que veas el espectro más amplio de lo que tu orgullo te permite.

capítulo 36

THEO

Me siento una mierda.

Toda esta situación lo tiene bastante afectado.

Se lo noto en la mirada, en el silencio que lo acompaña, en el andar lento con el que entró.

Aunque me cueste aceptarlo, extraño ese positivismo extremo en él que tanto me irrita las pelotas. Pensé que cuando se apareció de sorpresa en la casa productora venía a romperme la cara, a reclamarme en persona toda la culpa de este enredo. Casi a modo de súplica AB me pidió que le diera acceso a las imágenes de las cámaras que todavía están instaladas en el departamento de Abia. Como ellos no las removieron, no he querido hacerlo yo.

Por si las moscas.

Por si se deciden a darle el sí a Xilften, no hay porqué preocuparse, Theo lo tiene todo cubierto.

Lo dejé solo un rato, después de tres horas regresé para ver si necesitaba algo y todavía continuaba observando el vacío que le enseñaban los monitores. Allí dentro, en el departamento, nada se mueve. Me pidió si podía mostrarle el vídeo de la última vez que hablaron, que discutieron.

—Nunca pensé que tu nombre sonara a maricón —le digo cuando se congela la imagen de la muchacha en la pantalla del día en que todo se supo y lo botó.

Estoy listo para recibir el puño que sé AB me lanzará.

—Yo tampoco —me dice sin quitarle los ojos a la pantalla y yo me quedo esperando el cantazo que nunca llegó.

AB ha viajado de regreso a Miami para reunirse con Marion y otros abogados, papá me dijo que analizan las opciones que existen para ir contra el gigante mediático.

—¿Te vas a quedar un rato más? ¿Por qué mejor no regresas a Puerto Rico e intentas reconciliarte? Cómprale flores, chocolates, llévale una serenata, alguna mierda de esas debe funcionar.

—Si fuera así de fácil, así de sencillo igual como lo jodiste todo, Theo.

—No seas tan duro conmigo que tú también tienes culpa, si le hubieses dicho la verdad completa desde el principio, tal vez…

—Sí, sí —me interrumpe—, tal vez, tal vez.

Vuelve a quedarse en silencio con los ojos en ella.

—¿De verdad que te gusta tanto esa mujer? ¿Así con todo y paquete incluido?

—¡Cállate! —ahora sí deja caer su puño en mi hombro.

—Tranquilo, es solo una pregunta inocente no tengo ninguna mala intención detrás de ella.

—Viniendo de ti…

—Lo siento, de verdad que no hay ninguna intención escondida. Esa es tu vida y si es la mujer que quieres, eso es tu problema. Solo quiero saber si de verdad es posible que un hombre quiera una mujer que tenga un hijo que no es de él y si puede querer también a ese hijo.

—¿Lo dices por Cathy? —pregunta AB.

—Sí —resoplé—. Se va a casar con el tipejo ese que tiene por novio. Candence no hace más que hablar de lo chévere que es su futuro padrastro. Me revuelca la bilis compartir el cariño de mi nena.

—Deberías estar agradecido.

—¿De que el tipo me reemplace?

—No, de que el "tipo" quiera a tu hija. Muchas veces me pregunté lo mismo. Y sí, es posible, Theo, es posible querer a alguien que no es tu sangre, incluso si aún no ha nacido…

Suena un celular y ambos sacamos a la vez de los bolsillo el de cada cual. Vuelvo a meter el mío en el pantalón porque es el de AB el que sonaba. Escucho murmullos de otro lado del teléfono pero no alcanzo a entender lo que le dicen, mi hermano solo se dedica a escuchar. Después de un rato habla:

—¿Cuándo? —hace una pausa, creo que para escuchar lo que le responden—. Allí estaremos, Marion —sonríe, ahora me mira y dice—: Vete a empacar tus pantaloncitos cortos y las hawaianas, nos vamos mañana temprano a San Juan.

—¿Quién? ¿Yo?

AB sonríe todavía más.

—Abia quiere reunirse con nosotros.

—Ahí lo tienes, AB, "la reconciliación".

Pero como mi hermano me mira, comienzo a dudar que hayan flores y mariachis envueltos.

capítulo 37

ABIA

Tras un par de días con Teresa y papá, he regresado a mi piso. La soledad por la ausencia de Brad me está desesperando, ya no me quedan uñas para morder. ¿Quién iba a decir que papá estaba enterado de todo, al menos, de casi todo porque todavía no le cuento acerca de las preferencias sexuales del padre de su nieto y desconozco si Tommy ha levantado ya ese velo frente a sus padres.

Estos días han sido todavía más extraños, la misma mañana que regresé, hallé sobre la mesa del comedor el libro que Brad me obsequió para Navidad. La puntería fue perfecta, fue lo primero que mis ojos vieron al entrar aquí. Agarré el libro y lo puse en la mesa de la sala, no lo abrí, lo cargué como cuando se carga algo que te causa repulsión en el estómago y lo llevas colgando solo de dos de tus dedos directito a la basura. Para mediodía, en un intento de buscar el escondite más recóndito en este lugar, el bendito libro había recorrido cada rincón del departamento y con él, ¿quién más? Yo.

Intenté hacerme de oídos sordos al llamado que la masa de papel reciclado me lanzaba. Cuando recibí el obsequio horas después de la malograda cena en casa de papá y en medio de la preparación de la propuesta del proyecto del Centro, lo dejé a un lado. No sé si ha sido el sentimiento de su ausencia o el masoquismo extremo que llevo en la sangre, pero para la hora de la cena ya había caído presa de esos 13.9 por 21.5 centímetros. Comencé a pasar las primeras páginas con coraje, no pude evitar pensar lo poco romántico que se le dio el regalito a Brad. Esperaba que fuera una novela romántica, un poemario o cualquier otra cosa que me hiciera enamorar más de él. ¿A caso no es para eso que las parejas se hacen obsequios? Leí por veinticuatro horas corridas, tomé solo una corta siesta para luego continuar. Al pasar la última página ya mis dedos relajados la acariciaban. Me metí en la ducha para, con un poco de agua fría, intentar calmar el huracán de emociones, pensamientos, ideas y conceptualizaciones que mi cabeza intentaba procesar. Cuando salí de la ducha ya la necesidad de dejar que mis manos corrieran sobre un papel era de vida o muerte. Me apresuré al armario solo con una toalla alrededor cubriéndome el torso, dejando mi rastro sobre el piso de madera en gotas de agua. Busqué desesperada en las cajas de plástico hasta que hallé la que necesitaba. Era la última al fondo. La que pensé que nunca volvería a tocar. La tomé en los brazos y me la llevé hasta el comedor.

He invertido los pasados dos días diseñando cosas pequeñas que me llegan a la mente, que me salen del corazón, extrañando a Brad cada vez que veo el árbol de Navidad (que es feo y lindo a la vez), al que comienzan a secársele las hojas y sintiendo cómo cada segundo que pasó sin verlo, sin escuchar su voz voy enamorándome más y más.

El silencio de estas cuatro paredes me ha obligado a pensar, a hacerme un mapa mental de todo lo sucedido. Quise dejar fuera los corajes, también los sentimientos. Sería imposible darle vueltas a todo esto con la cabeza fría, cortándole el flujo de sangre que me bombea el corazón a la razón, sangre tibia que logra infiltrar mis pensamientos cuerdos.

Sin ninguna resistencia Torres me facilitó el número telefónico de Marion, el abogado, amigo y estoy segura que hasta cómplice de Brad en todo esto. Le llamé para solicitar una reunión (privada) en mi departamento con Brad y el famoso Theo, a quien estoy deseosa por tener frente a mí. En ese momento me enteré que no estaba Brad en la isla, que había ido a Miami a resolver un asunto. Marion insistió que le dijera un poco más acerca de lo que me interesa dialogar, solo le mencioné que era algo privado y que el encuentro debía ser por separado con cada uno de ellos. Él insistió en que le permitiera estar presente a lo que le dije que por mí se diera el viajecito al Caribe porque quiero verle la cara también, pero que no entraría a ninguna de las reuniones con los hermanos Evans. Solicitó permiso para devolverme la llamada al mismo número de donde lo contacté (mi celular) a lo que accedí. No pasaron quince minutos cuando ya estaba sonando de vuelta mi teléfono, Marion dice que estarán mañana a las nueve de la mañana tocando mi puerta.

A las nueve en punto, ni un minuto más ni uno menos, suena el timbre de la entrada del edificio. Abro sin preguntar quién es porque conozco el sonido que hace el peso del dedo de Brad en el botón.

Así de estúpida soy.

Así de enamorada sigo.

Tardan mucho menos de lo que pensé en subir los tres pisos.

Ahora suena el timbre de mi puerta. Cuando abro, como sabía que iba a pasar, a quien primero mis ojos se empeñan ver es a Brad.

—Hola —saluda por lo bajo.

Se me va el aliento cuando veo lo mal que luce, más aún porque me esmeré en retocar el rubor en mis mejillas y vestirme con una de esas mudas que un día Brad halagó. Tiene unas manchas grisáceas algo traslúcidas bajo los ojos, los pómulos se le ven más pronunciados. Dejo de mirarlo cuando escucho que otra persona me saluda en inglés y reconozco su voz, es Marion. Por eliminación, supongo que el joven que está a la izquierda de Brad, el que todavía no saluda pero tiene la quijada tensa debe ser el "ingenioso" Theo.

—Hola —digo y continúo—: Me gustaría hablar primero con Theo, a solas.

El hombre cuyo físico se parece bastante a Brad mira a los otros dos como si buscara alguna aprobación. Abro un poco más la puerta para que pase, y cuando lo hace la cierro, dejando a Brad y Marion fuera.

Theo va siguiéndome, de repente me detengo y le hablo:

—Me hubiese gustado decir que me place conocerte.

—*"No hard feelings"* —sonríe con las manos metidas en los bolsillos—. No suelo caerle bien a la gente a la primera.

—Enséñame dónde pusiste las cámaras.

Me mira con dudas.

—Pude haberte dicho eso por teléfono.

—¿Vamos?

—Ya que insistes.

Theo se dirige primero a la cocina, con la mano derecha me señala en una esquina que forma la ventana espía con una pared. Es diminuta pero puedo verla, la bendita cámara.

—Ésta cubre toda la sala y cocina, tira un ángulo genial, deberías verlo —dice despreocupado, gira en su mismo eje y comienza a caminar con tal familiaridad en el lugar hacia el baño—. Aquí tuvimos que instalar una sola.

"¿Una cámara en el baño?" Comienzo a enfurecer.

¡Qué atrevido!

Se me queda mirando. En la mente lo hago trizas brincándole encima a cachetadas una y otra vez mientras imagino el siguiente lugar donde me dirá que puso una maldita cámara.

—Sí, ahí también pusimos —me confirma, al parecer soy demasiado transparente—, de hecho, colocamos dos.

Él solito se abre paso hasta el cuarto y me invita a acompañarlo.

"¡Atrevido!"

"¡Enfermo!"

—Tranquila —me dice como si me volviera a leer la mente—, los ángulos a los que apuntan las cámaras aquí son discretos —forma un recuadro juntando los dedos índices y pulgares de sus manos, luego, observa a través de éste—, hay que cuidar los detalles.

Estoy con la boca abierta porque si comienzo a decirle la ristra de insultos que tengo alineados en fila india creo que no terminaría de hablar hoy.

—Vamos, dime lo que quieras.

—Sociópata.

—Mmm…No creo que ese concepto me defina. Intenta otra.

"Si te digo todas las que tengo, Theo."

Lo sigo hasta la sala, lo veo lanzarse en el sofá y trepar los pies en la mesa del centro. Se me escapa un resoplido.

—No sientes remordimientos. ¿Verdad?

—Cuñadita, se supone que lo primero que haga sea disculparme contigo —rueda los ojos—, fue lo que prometí a los dos tipos que dejaste afuera.

—Pero tú no deseas hacerlo. ¿O me equivoco?

—Déjame decirte que me estás cayendo bien, Abia. Ya que estamos siendo sinceros, no, no me voy a disculpar, aunque AB no vuelva a dirigirme la palabra.

—¿Realmente eres su hermano? —pregunto porque su psiquis es diametralmente opuesta a lo que es Brad o AB como él le llama.

—Soy una versión mejorada. —Se escurre un poco en el sofá acomodándose—. Ven. —Da dos palmadas en el espacio a su lado. Me siento sin saber por qué le hago caso—. No creo que aquí haya nada que disculpar. ¿Quieres que te resuma el drama? —No, no quiero pero sé que aunque se lo diga, de todos modos lo hará—. La culpa que tiene mi hermano en este enredo es por no decirte que era el dueño de CS. —Levanta una mano cerrada al aire, luego saca el dedo índice firme—. Un punto a tu favor. Tú tienes la culpa por recoger extraños de la calle, por creerle, sin cuestionar, todo lo que te decía. ¡Que estás grandecita ya, cuñadita, para creerte los cuentos que te diga el lobo! Eso te quita el punto a tu favor. —Vuelve a bajar el dedo—. ¿Ves? El resultado es cero, que es igual a nada, que es igual a dejarse de dramas y no dejar pasar la mega oportunidad que tienen de vender su historia a Xilften.

—Explícame cuál es la "mega" oportunidad, excuñadito.

Teo saca su iPhone y me dice que me acerque un poco más a él.

Comienzo a ver un vídeo que inicia en la pantalla. Voy inhalando poco a poco con la curiosidad que las imágenes me van creando.

Es Brad.

Eso creo.

Dudo.

No, no, sí, es él.

Estoy segura.

En minutos veo la vida de Brad literalmente pasar frente a mis ojos y los de Theo.

Niño.

Adolescente.

Hombre.

A veces viste una camisa con una cruz roja pintada en el mismo centro del pecho, en otras las letras o, ene y la u.

Además de confusión del porqué Theo me enseña eso y de qué es lo que quiere demostrar, siento curiosidad de que en ninguna foto o vídeo Brad parece estar consciente de la cámara, y como ya estoy doscientos porciento segura que este chico, Theo, padece de algún desorden obsesivo compulsivo relacionado a las cámaras e invadir la privacidad en la vida de los demás, pregunto:

—¿Cómo has conseguido estas imágenes y esos vídeos?

—Esa es la magia que hace Theo —me guiña un ojo—. Ese que ves ahí es AB.

—Eso lo sé.

—Ha sido mi proyecto desde la primera vez que papá puso una videocámara en mis manos, he sentido curiosidad por la vida de mi hermano.

—Estás enfermo.

—Tal vez... De chico sentía curiosidad y quería entender por qué AB le tenía tanta fobia a las cámaras si yo pensaba que era genial que los paparazis nos siguieran, que papá trabajara con tantas estrellas. Después del famoso viaje-castigo, ese que te contó sentado aquí mismo en este sofá, que por cierto esa es una escena genial, la cosa empeoró al punto que no quería que nadie le tirara fotos y creo que se convirtió en una obsesión enfermiza eso de vivir en el anonimato —sonríe con entusiasmo—. Ahí fue que la cosa se puso interesante y entonces el obsesionado fui yo por conocer qué rayos es lo que hacía mi hermano en el anonimato. Eso que viste ahí —agita el celular que todavía lleva en la mano—, es la razón. No le interesa que nadie sepa dónde, a quién, o a quiénes ayuda.

Me quedo en silencio procesando las cosas adicionales que debo añadir a mi ecuación y no sé si aterrarme o...

—Oye, ¿no crees que estás grandecita como para jugar con muñecas?

"¿De qué diablos habla éste?"

Cuando lo miro está parado frente a la mesa del comedor y observa cuidadoso los pequeños diseños que he creado, los que el regalo de Brad me inspiró. Las imágenes paloteaban en mi mente reproduciéndose sin control y mientras trazaba esas líneas y dibujaba los ángulos del diseño de esas paredes, por primera vez mis dedos y mis manos parecían flotar sobre el papel. Sentí lo que papá siempre me ha dicho que siente cuando diseña.

Inspiración.

—¿Quién vivirá aquí, los Pitufos? —pregunta Theo sujetando en el aire una de las pequeñas maquetas que he construido para representar mi inspiración.

Dejo escapar una risa. Tiene razón *el* Theo, de la primera es imposible que caiga bien.

—No —respondo y me acerco—. Son casas pequeñas con un espacio suficiente para proveer una vida simple, sencilla.

—Que bien —dice con una mueca de aprobación en el rostro.

—¿En el programa ese hay escenas íntimas, de Brad y mías?

Él me mira, suelta una guiñada.

—Todas muy bien cuidadas.

—¿Cuán cuidadas?

—Ven —me dice y me muestra otra vez su celular. Después que maniobra con la aplicación en el aparato me lo da para que vea a lo que se refiere con «bien cuidadas».

Es Brad.

Soy yo.

Es la primera vez que hacemos el amor.

Me arden las mejillas, y aunque en el estomago la vergüenza juega con mi desayuno, sé que el calor en mi rostro es por él, por esos momentos que me ha regalado, que hemos vivido que no son un montaje. Sin darme cuenta el vídeo termina y yo sigo respirando diferente.

Cortito...

Seguido...

Cortito...

Seguido...

—¿Dónde hay que firmar, Theo?

—¿Firmar qué?

—El *release* para que usen tu historia, que es la nuestra, de Brad y mía.

Me mira con los ojos bien abiertos y la boca también.

Pero ¿qué le pasa a este chico que no me muestra el entusiasmo que debería?

—De nada vale tu firma, Abia, mi hermano nunca firmará.

—¿Por qué estás tan seguro?

—Toda una vida escondiendo su identidad y ¿ahora de la nada lo va a hacer, revelarla por unos cuantos miles de dólares? —Agita la cabeza en un movimiento continuo—. No. No. No lo creo.

—Ha sido un gusto en conocerte, Theo, puedes decirle a Brad que pase.

—Pero...

—Adiós, Theo.

capítulo 38

BRAD

Veo a Theo salir del departamento de Abia.

—Tu turno, AB.

No logro leerle la cara que trae.

Entro y cierro la puerta.

La busco.

No la veo, lo que sí veo son unas maquetas pequeñas que llaman mi atención. Camino hasta la mesa del comedor para saciarme la curiosidad. Hay tres sobre la mesa, junto a ellas, unos papeles que tienen dibujos, me parecen que son diseños. Agarro uno para poder apreciarlo de cerca, cuando lo hago queda al descubierto el libro que le regalé. Siento que una luz de esperanza intenta encenderse dentro de mí.

—Aquí estoy —la escucho decir.

Está sentada en el otomán amarillo al borde de la ventana, solo puedo verle los pies descalzos porque el árbol (feo) me está bloqueando la vista.

Me acerco.

Abia me observa en silencio. Está linda, sé que lo hace intencional, verse así tan hermosa para hacerme sufrir todavía más. No sé por dónde empezar. Tengo tanto que le quiero decir.

—Todo un personaje tu hermanito Theo. ¿De dónde lo sacaron tus padres? ¿Una comedia de Hollywood?

—De un thriller —le digo.

Ella sonríe como hace días que no la veía sonreír. Yo también lo hago.

Volvemos a quedar en silencio

—Abia…

—Brad…

Chocamos hablando a la misma vez.

—Tú, primero —le digo.

—¿Sabías que tu hermano te espía desde que eras jovencito?

No, no lo sabía.

—Ya nada de Theo me sorprende —le digo.

—Dime que lo sientes, Brad.

Estoy un poco confundido.

—¿Qué siento qué?

—No haberme dicho que eras el dueño de CS.

—Lo que siento es que, en esta ocasión, un "lo siento" no sería suficiente.

Abia se pone de pie, todavía tiene en las manos una de

las casitas parecida a las que vi encima de la mesa. Ahora coloca con cuidado la figura sobre el mueble y camina hacia mí. Estoy temblando como un imbécil y cada vez que la siento más cerca siento la necesidad de respirar más profundo para que el aire me llegue a los pulmones. Recuesta su cabeza en mi pecho y el resto de su cuerpo hace contacto con el mío. No pierdo la oportunidad y le acaricio los hombros hasta llevar mis manos a su espalda y encerrarla en una abrazo.

—Dime que lo sientes —vuelve a pedir.

Dentro de la confusión que todavía estoy, intentando entender a dónde se fue la furia endemoniada que Abia tenía conmigo, siento que solo quiero complacerla.

—No tienes idea de cuánto lo siento.

Agarro su rostro entre mis manos y la separo solo un poco para poder llevar mis labios junto a los suyos y decirle también cuánto la amo.

—Sí, la tengo, Brad, la idea porque creo que es igual a cuanto siento yo haberte dicho las cosas feas que te dije hace unos días. —Ahora es ella quien lleva sus manos, que también le tiemblan un poco, a mis mejillas y me obliga a mirarla bien cerquita—. De verdad que lo siento.

—Shhh —le digo y la vuelvo a besar, esta vez acompañado de una sonrisa de ella y mía—. Te amo, Abia de Luna Choi y compañía.

—Te amo, Anthony Bradley Evans —siento un codazo en el costado—, alias Brad —dice en un tono juguetón.

—¿Sigues pensando que mi nombre suena afeminado?

—¿Sigues pensando que soy una niña engreída?

—Sí —la beso.

—Creo que seguiré llamándote Brad.

Ahora es ella quien me abraza bien fuerte, con todo lo que la barriga, que le acaricio, permite.

—Voy a firmar el *release*.

—¿Qué? —me despego para buscar la distancia necesaria en lo que espero escuchar que es el *release* de cualquier otra cosa menos del programa.

—Que voy a dar mi autorización para que publiquen el programa, el *reality*.

—¿Qué te dijo Theo?

Lo mato, hoy sí que lo mato y lo lanzo de regreso a Miami en el Triángulo de las Bermudas.

—No es por Theo, Brad, ni por ti ni por mí.

—En algún momento me perdí, Abia, y no sé dónde fue. ¿Quisieras explicarme?

—¿Qué de malo tiene que la gente sepa que hay diferentes maneras de ayudar a los demás? No tiene nada malo.

—Dentro de todas las barbaridades que Theo te haya dicho, ¿acaso te mencionó que detesto los medios de comunicación, que les huyo desde siempre?

—Sí, lo hizo.

—¿Y de todos modos insistes en que se publique nuestra historia?

—Sí.

Poco a poco voy sentándome en el otomán. Insisto en que esta mujer, que tanto amo, no deja de sorprenderme.

—Ven, mi amor, siéntate aquí conmigo y explícame por qué quieres que el mundo entero se meta en tu casa, en tu vida.

Abia hace lo que le pido.

—Brad, ese es el punto en todo esto, con frecuencia para lograr algo que deseamos mucho hay que sacrificar otra cosa que también queremos. Mira —me enseña la pequeña maqueta con la que jugaba entre sus manos cuando entré hace un rato—. Esto es un modelo de una casa pequeña de menos de cuatrocientos pies cuadrados.

—¿Qué tiene de especial?

—Todavía no lo sé, solo sé que tú y tu proyecto del buen samaritano y el libro ese que me diste me inspiraron a crear esto.

—¿Qué tiene que ver la casa con el programa, Abia? Estoy perdido en el espacio.

"Vamos, amor, enséñame el camino de lo que tratas de decirme."

—Ya sé que le regalaste el Centro a los empleados. Gracias. Eso me hace sentir muy orgullosa de ti, de todos modos pienso que no es justo la ecuación que queda al final. Abia y sus compañeros con el Centro, Brad sin su proyecto ni su centro ni su dinero.

La interrumpo porque se equivoca en la segunda parte de la ecuación.

—Abia y sus compañeros con el Centro, Brad con su Abia y el renacuajo.

Sonríe e inclina un poco la cabeza hacia el suelo.

—No es justo. ¿De dónde sacarás dinero para seguir haciendo las cosas que haces, para ayudar a la gente, para enseñar, para hacer lo que te hace feliz? Vendamos el programa y las ganancias, todas, las usas para seguir con tus proyectos humanitarios.

—No voy a hacerlo, Abia, no voy a dejar que la gente

nos use de entretenimiento, que en cada revista amarillista la portada sea tu cara o la mía.

—Dime la verdad, Brad, ¿tienes miedo de lo que la gente piense de ti y de mí?

—No se trata de eso —ya mi voz no se escucha pero sigo hablando en silencio *"se trata de que la gente no nos entendería, tú, yo, Tommy. Después de escucharme en silencio le digo la verdad*—." Sí, tengo miedo porque no quiero que te hieran. La gente, en especial con las figuras públicas, tiende a ser cruel y no soportaría que nadie te hiriera, amor.

—Entonces, para que no te duela que la gente hable de mí, no estés conmigo.

—¿Qué dices?

"Oh, esto es un pasito para delante y cuatro para atrás."

—Que si no hay programa, no habrá nosotros.

—¡¿Qué?!

—Sencillo. ¿Te lo digo en inglés para ver si lo entiendes? *No program, no Brad, no Abia, simple as that.*

—No puedo creer que estás condicionando lo nuestro por un maldito programa.

—Ese es el problema, que no lo puedes ver. Esto no es un maldito programa, es la oportunidad de seguir haciendo lo que amas, de inspirar a más gente a ayudar a los demás.

—¿No me interesa inspirar a nadie más que a ti —le sujeto la mano—, solo a ti.

—Eso se llama ser un egoísta.

"Fuck!"

—¿De todo el gran repertorio de insultos que llevas guardado en esa cabecita linda solo se te ocurre decirme egoísta?

—Si privar a la gente de tu don de ayudar, de enseñar e inspirar no es ser egoísta, entonces ¿qué es, Brad?

Respiro profundo, le suelto la mano que todavía tenía entre las mías y me pongo de pie.

—¿A dónde vas? —la escucho que me exige una respuesta.

—Me voy, Abia. Una vez más has hecho de mi mente un desorden.

—¡Vamos, vete, escóndete, desaparece del mundo! —me grita desde la ventana y yo todavía la escucho cuando salgo y cierro la puerta.

capítulo 39

BRAD

Intentémoslo otra vez.

—Toma número dos —dice Theo.

Después de tres horas sentado en el banco de Abia decido regresar.

Toco el timbre de la entrada del edificio.

Ahora subo los tres pisos de escaleras.

Toc...

Toc...

Prefiero tocar la puerta del departamento en vez de usar también ese timbre.

Abia abre la puerta y sin decir una sola palabra me deja pasar, Theo y Marion vuelven a esperar afuera.

Le digo a Abia que me acompañe, que se siente junto a mí en la mesa del comedor.

—Estas son mis condiciones —comienzo a decir—: No usaremos nuestros nombres reales, mantendremos limitado el acceso voluntario a los medios de comunicación, pediremos a Xilften el doble de lo que ofrecen, con un veinte porciento de lo que recibamos crearemos un fondo educativo para mi sobrina Candence y con otro porciento igual otro fondo educativo para el renacuajo. Si te parece, daremos el diez porciento a Theo, como "castigo" y el restante lo usaremos para crear un fondo mutuo, tuyo y mío destinado a desarrollar programas educativos—. Hago una pausa para explorar lo que piensa—. ¿Qué piensas hasta el momento de estas condiciones?

Abia me mira con los ojos entrecerrados, me encanta cuando lo hace así porque solo logro verle el brillo que se le acumula en el centro.

—Me parecen justas y generosas.

—Perfecto, porque en unos minutos abriré esa puerta, Marion entrará, no como mi amigo sino como nuestro abogado y pondremos en blanco y negro este acuerdo.

—Me parece bien.

—¿Estás segura?

—Eso creo.

Me muerdo la risa que me causa cuando la hago dudar.

—Todavía hay condiciones adicionales, Abia.

—Te escucho, Brad.

—Ninguno de nosotros verá jamás el programa.

—Pero..

—¿No estás de acuerdo? Porque solo daré mi consentimiento si aceptas todas las condiciones. Esto es todo o nada, cariño.

—De acuerdo, Anthony —se le escapa una sonrisa por la comisura de la boca.

Sé que intenta enojarme llamándome así, quebrantar la convicción con la que estoy aquí sentado.

—Perfecto —dice.

—Perfecto —digo.

—Perfecto —vuelve a decir y se pone de pie.

Aprovecho y extiendo en un movimiento rápido y seguro mi mano para atrapar la de ella. Evito que voltee así que la tengo parada frente a mí.

—Hay una condición adicional —le revelo mientras voy llevando poco a poco mis rodillas al piso.

—¿Qué haces?

Intenta zafarse la mano de mi agarre.

—Vas a casarte conmigo.

—¡¿Qué?!

capítulo 40

ABIA

Hubo que esperar casi media hora por Theo. Cuando abrimos la puerta para dejarlos entrar y poner en papel el acuerdo que con un largo y apasionado beso acabábamos de sellar, solo estaba Marion con cara de hastío sentado en la escalera. Brad le preguntó que a dónde se había ido su hermano. «Al piso de arriba, con tus vecinos, Abia.»

Durante la espera a que regresara Theo, discutimos en detalle, uno a uno, cada punto con el abogado, que logró relajarse después de juguito de limón que le preparé con mucho amor para librarme de los limones que todavía rondaban en la nevera del viaje a Culebra. Marion no dejaba de sonreír mientras, entre sorbo y sorbo, escribía en su computadora portátil lo que Brad le dictaba. Me atreví a preguntarle si este era el acuerdo más inusual que haya tenido que oficializar en su carrera.

—Sin duda, Abia, AB es un cliente muy especial.

Me parecieron justas cada una de las condiciones que presentó Brad, menos la de que me casara con él. Todavía hay tanto por hacer para poder lograr el "nosotros" que quiero, que debo crear por la estabilidad de mi hijo. En algún momento Tommy regresará y tendremos que aprender a ser entonces los cinco; Tommy, su pareja, nuestro hijo, Brad y yo.

Cuando apareció Theo lo hizo despeinado y con una sonrisa extraña en los labios.

—De saber que tus vecinos eran personas tan interesantes hubiera instalado cámaras también allí —me lanza un guiño y yo intento frenar los pensamientos que aparecen en mi cabezota de lo que pudo haber estado haciendo Theo en el piso superior.

Tal como Brad me dijo, su hermano protestó el diez porciento que se le asignó, sin embargo, cuando escuchó lo asignado al fondo de estudios de su hija quedó satisfecho.

Hace unas horas, por segunda vez tocaron tres hombres a mi puerta, ahora se van dos y uno permanece aquí. Como parte del acuerdo, en las letras chiquititas, Brad tenía prohibido irse de mi lado. El que yo no accediera a casarme en unos días, como quería Brad que fuera, no significaba que no lo quisiera junto a mí. Ahora que lo tengo de vuelta, que nos tenemos de vuelta, no quiero que nos volvamos a ir. De rodillas me dice todas las razones por las que quiere unirse por siempre a esta engreída.

—Porque me enamoras cada día más con tus ocurrencias.

"¿Qué más, Brad?"

—Porque te soñé demasiadas noches y llegué a pensar

que no existías.

"*¿Qué más, Brad? Dime más.*"

—Porque tú eres mi inspiración.

Con su mirada profunda penetra hasta un poquito más allá de mi corazón, haciéndose dueño por completo de mi alma. En sus ojos veo reflejados los míos.

—¿Estás lista? —pregunta ya de pie.

—Sí —no dudo en responder.

Brad extiende su mano y me invita a acompañarlo. ¿A dónde? No lo sé. Tal vez, a abordar el tren de las oportunidades, tal vez. Me aferro a su mano sintiendo la seguridad que su compañía me regala, y ni por un segundo dudo en ir con él a donde sea que el futuro nos lleve.

Epílogo

Abia

A tres años de viaje.

Después de toda la locura de estos pasados tres años aquí estamos parados frente al altar. Miro a los banquillos y veo a Papá, está feliz, Teresa lo ha hecho feliz, él la hace feliz. Junto a ellos están los padres de Tommy intentando mantener en silencio a su nieto. Ellos no pierden la oportunidad para disfrutar del niño.

Resulta que la vida de padres no nos ha ido mal, por el contrario, siempre tenemos más cuidadores de los que necesitamos para BT. Con solo dos años ya Bradley Thomas, tiene una agenda personal muy cargada. Créanme, yo soy quien la administro. Sus fines de semanas están comprometidos con sus abuelos hasta que cumpla mayoría de edad. Tommy fue más inteligente, usó otra estrategia, se mudó cerca de nosotros. Eh, literalmente cerca, al piso de arriba para no perderse ni un día en la vida de su hijo. Él además de ser el padre biológico de mi hijo, sigue siendo mi mejor amigo y no perdió la oportunidad de comprar el departamento cuando se enteró que mis vecinos, los amigos de Theo, decidieron mudarse a la Riviera Francesa en búsqueda de un lugar para «liberar todavía más sus mentes». Brad lo ha llevado muy bien, es conveniencia para todos y más ahora que Maeve nos consume mucho tiempo, especialmente en las madrugadas.

¿Quién es Mae?

Nuestra princesa que nació apenas hace un mes, el catorce de mayo para ser precisa. Tiene enamorado a Brad y a mí ni se diga. Parece que lleva presente los genes De Luna porque tiene un genio fatal. Quiere teta todo el día.

Me siento tan agradecida por la familia que tengo, especialmente por Brad. Con la llegada de Maeve, vino también el miedo de que él pudiera sentir un amor diferente por ella, diferente al que siente por BT. Pero no, no es así, veo en su mirada cuando mira a Maeve la misma fascinación que vi desde la primera vez que puse en sus brazos a BT. Para Brad ambos son sus hijos y el amor que siente por ellos es incondicional. Sé que Tommy vive agradecido por el amor que Brad le ofrece a su hijo y por hacerme feliz.

En este momento Brad luce más guapo que nunca, no fue fácil hacerlo vestir el traje *Dolce & Gabbana* que trae puesto pero la ocasión no era para menos. Se ha dejado un poco el pelo largo, dice que es el look que quiere para cuando vayamos a filmar en unos meses la próxima temporada de Pequeño Amor, nuestro *reality*. Con las ganancias del *reality* de Theo creamos una fundación cuya misión es el desarrollo de proyectos de viviendas pequeñas (*tiny homes*) como vehículo para erradicar la falta de un techo tanto en ciudades grandes como en las pequeñas. A Brad le surgió la idea una noche, de tantas, que pasaba contemplando las casitas que no he parado de diseñar, sin embargo, fue Theo quien nos empujó a filmar el desarrollo de cada proyecto que realizamos. La magia de Theo nos ha servido para mostrarle al mundo de lo que nosotros, la gente común, podemos hacer para ayudar a los demás cuando nos unimos, cuando trabajamos con convicción y entusiasmo para ofrecerle una oportunidad a personas que lo necesitan. El programa ha sido la mejor herramienta para motivar e inspirar a otros a hacerlo también, a unirse.

Theo tuvo su golpe de suerte. No, no fue con la historia de Abia y de Brad. En la actualidad tiene un *reality* que ha acaparado la audiencia, es de esos que buscan encontrar estrellas. Siempre olvido el nombre. Sé que es algo así como El factor ¿W? ¿O? ¿Y? Ay, estoy segura que alguna letra del abecedario es. Tanto estuve insistiendo a Tita que se animó a probar suerte. Le ha ido muy bien, la pasada semana avanzó a la ronda final.

Visto de blanco, Brad me dice al oído en un susurro que me veo hermosa y yo no tengo por qué dudar de él.

No es mi boda.

Nos casamos hace un año.

Fue una ceremonia sencilla, pequeña y hermosa.

Hoy es el gran día que vaticinó hace unos años aquel síquico al que mi querido amigo por poco le parte la cara. Tommy y Renato (el italiano) se darán el sí definitivo. Están parados frente el altar junto a Brad y a mí que somos los padrinos de esta unión. Están guapísimos pero sobre todo están felices.

A los padres de Tommy les costó aceptar la realidad de su único hijo, creo que a la mamá le costó un poco más.

Hoy día lo llevan muy bien, hasta supe que está de socia con su yerno, que es chef, y pronto abrirán un restaurante italiano. Sendas sonrisas de alegrías le adornan los labios y los ojos se le ven humedecidos.

Así es el amor, sin prejuicios.

Libre.

Por mi parte ya no me obsesiono con saber qué me depara el destino, aprendí a disfrutar cada segundo de mi vida, cada amanecida con Maeve, cada bloque de Lego que me hace retorcer cuando lo piso porque BT lo dejó tirado en el suelo. Cada segundo que puedo respirar al lado de Brad es un tesoro que no me quiero perder, que quiero disfrutar de poquito en poquito.

Como ven, no hay dudas que el enredo lo llevo en los genes, en mi sangre y hasta en la familia que tengo se manifestó.

Ellos son y serán por siempre mi propósito.

Mirando hacia atrás, no me arrepiento ni de un segundo de lo que ha sido mi vida, de mis tropiezos e inseguridades antes y después de Brad.

¿Cómo voy a arrepentirme? Si al despertar cada día vivo el mayor de los milagros.

Abro los ojos.

Respiro.

Veo a BT que ocupa la mitad de nuestra cama.

También, a un lado en mi cuarto contra la pared, veo la cuna de Maeve que casi no deja espacio para caminar.

Miro al otro lado de la cama, veo a Brad con la mitad del cuerpo colgando fuera del colchón, sin arropar porque la sábana se la cedió a su hijo.

Vuelvo a respirar.

Sonrío.

Doy gracias por la que fue, es y será mi realidad.

Mi familia.

Mi proyecto de vida.

Mi inspiración.

FIN

Agradecimientos

Mi agradecimiento infinito a las personas que siempre dicen presente en cada proyecto que escribo. Algunos lo hacen con unas palabras de motivación, otros, de inspiración, una palmada cibernética en la espalda que llega en el momento preciso.

A mi familia, infinitas gracias porque sin su apoyo y comprensión estas historias nunca verían la luz.
Los amo.

Por último pero no menos importante, a mis BETAS por dedicarme de su tiempo y obsequiarme su sinceridad: Mami, Pau, Celinés, Isabel y Odessa.

¡GRACIAS!

Acerca del la autora

SHEILA SHEERAN es la autora de los best sellers:

¿Te acostarías conmigo?

¡Fuiste tú!

El ángel de Sol

Tu peor error

Vive en una hermosa isla del Caribe junto a su amado esposo y adorada hija.

Visita: www.ssheeran.com